あの子の殺人計画

単行本　二〇二〇年五月　文藝春秋刊

ＤＴＰ制作　エヴリ・シンク

この作品はフィクションであり、実在の人物・団体とは一切関係ありません。

文春文庫

あの子の殺人計画

天祢 涼

文藝春秋

目次

一章

きさら

「要は、あたしとつき合いたいってこと？」

あたしがそう言った途端、滋野《しげの》は口をぱくぱくさせた。

「それは、まあ……ええと……」

「はっきりしなよ」

「……そうです」

なら、さっさとそう言えばいいのに。気づかれないように薄くついたため息が、冷たい空気に白く染まる。

まだ小五なのに、恋人同士になってどうするのかとは思う。でも早い人たちは、小四のときにはもうデートっぽいことをしているみたい。春には六年生になるからか、最近は特に、そういう進んでいるグループが目立つ。

まあ、あたしには関係ない……と思っていただけに、滋野の告白にはびっくりした。

放課後わざわざ隣のクラスから来て体育館の裏にあたしを呼び出し、「今日、十一月二十五日は俺の誕生日。だから大事な話をしたいんだ」と最初だけ勢いよく言った後はずっと緊張した顔でごにょごにょしているから、喧嘩を売られていると勘違いしかけていた。

「あたしたち、ほとんど話したことないよね。なのに、なんで?」

「だって、ほら……きさらさん、かわいいから」

いきなり下の名前で呼ばれた。あたしは「滋野」という名字しか知らないのに。フルネームを知っている相手なんて、学校にほとんどいないけれど。

「かわいいなんて、言われたことないな」

「みんな、ちゃんと見てないんだ。髪形を整えたら学年で……いいや、学校で一番かわいい」

この髪形が楽なのに、と思いながら頭の後ろにまとめた髪を撫《な》でると、滋野は慌てて続けた。

「もちろん、いまのままでも充分かわいいよ。でも、もっとかわいくなるというか、もったいないというか……」

両手をあたふた動かす滋野を、頭のてっぺんから爪先まで見つめる。たぶん滋野は、小五の中で一番背が高い。肩幅はがっしりして、顔つきも大人っぽくて中学生みたい。

この人なら。

「いつもズボンだけど、スカートも似合うと思うし――」

スカートか。興味あるけどほとんど穿《は》いたことがないし、似合うとも思えないから遮《さえぎ》り言う。

「わかった、つき合おう」

滋野の口から「え？」という声が飛び出した。

「い……いいの？」

「自分から告白して、なに言ってるの。つき合おうよ、あたしたち」

「本当に？」

緊張で硬くなっていた滋野の顔が、みるみるやわらかくなっていく。あたしは大きく頷《うなず》いた。

「ただし、条件がある。将来は、お母さんの面倒を見てほしいんだ」

「え？」

滋野の口からさっきより大きな声が飛び出したけれど、構わずに続ける。

「つき合うということは、当然、あたしと結婚するつもりなんでしょ。なら、お母さんとも暮らして、面倒を見てあげてよ。それが、つき合う条件。もちろん、滋野にだけ押しつけるつもりはないから安心して」

「ええと……なんの冗談――」

「冗談なんかじゃない。つき合うなら、それくらい約束してよ」

真剣な口調のあたしに、やわらかくなっていった滋野の顔が、今度は白々としていった。

「女子が噂してたけど、椎名《しいな》さんって変わってるんだな。マジで引く。最悪の誕生日になったわ」

あたしの呼び方を名前から名字に変えて、滋野は背を向けた。そのまま、早足で歩いていく。いくらあたしでも、これがどういうシチュエーションかはわかる。

告白してきた相手にOKの返事をしたら、振られてしまったらしい。

遠ざかっていく大きな背中に、未練はなかった。

お母さんのことを考えられない男子とつき合っても、お父さんとの約束を守れないから。

寒さに震えながら、駆け足で校舎に戻る。滋野の話がなにかわからないから、ランドセルを教室に置いてきてしまったのだ。失敗したと思いながら、廊下を歩く。

金曜日の校内は、毎週なんとなくそわそわしている。みんな、土日の休みが待ち遠しいのだろう。自分には関係ないのでさっさと帰ろうと決意したそのとき、なつかしい人を見つけた。駆け寄って、右腕にしがみつく。

「ダ・ヴィンチ先生！」

「俺は柿沼《かきぬま》だぞ、椎名……って久しぶりだな、このやり取り」

ダ・ヴィンチ先生は、髭に覆われた口をにっこりさせた。

去年まで図画工作を教えてくれていた先生だ。「ダ・ヴィンチ」と呼ばれるようになったのは、レオナルド・ダ・ヴィンチの肖像画に顔が似ているから。なにをした人かよく知らないけれど、先生はこのあだ名を気に入ってるようだから、きっとすごい人なんだろう。

「椎名は絵を描いてるか。何度も言ったけど、才能があるかもしれないぞ」

「――そんなもの、なくていいよ。それより」

答えるまでに一瞬の間が空いてしまったことをごまかしたくて、あたしは先生が抱える紙の束に目を向けた。

「なに持ってるの？」

「模造紙だよ。週明けの授業で使うから、図工室に持っていくんだ」

「先生はお年寄りだから、あたしが代わりに持っていってあげる」

「気を遣わなくていいぞ。こう見えてまだ二十六歳なんだからな、俺は」

そう言われても食い下がると、ダ・ヴィンチ先生は「じゃあ、お願いするか」と模造紙を渡してくれた。教室に戻るという先生と、突き当たりの廊下で別れる。行き先は、先生が右で、あたしが左。こちらの方向には、保健室と職員室がある。職員室の向かいの階段をのぼったところにあるのが、図工室だ。

模造紙を工夫して抱えながら振り返ると、ダ・ヴィンチ先生が低学年の女子三人に声をかけられているところだった。

「俺は教師に向いてない」と口癖のように言っているけれど、先生はあたしだけじゃない、誰とでも仲がいい――。

勢いよく前を向いたところで、すぐ傍の水飲み場から女子二人の会話が聞こえてきた。

「椎名さんって、本当に男好きだよね」

「男のことで頭が一杯なんじゃない？」

うちのクラス――五年三組の美雲《みくも》と河合《かわい》だ。

進んでいるグループのリーダー格で、いつも高そうな服を着ている。今日も、美雲はドレスみたいなひらひらがついたスカートを、河合はきらきらした模様がたくさんついたジーンズを穿いていた。

この二人が聞こえるように人の悪口を言うのはいつものことなので、いちいち気にしていられない。だから右の奥歯を嚙《か》みしめたのは、たまたまだ。

なのに美雲と河合は、「うわー」とそろって声を上げた。

「椎名さんがこっちを睨《にら》んでる」

「男好きだから女には厳しいんだよ」

二人ともも う初経は迎えているらしく、あたしのようにまだの女子をなにかとガキ扱いしているけれど、そういう態度も含めて自分たちの方こそガキだと思う。いまみたいな態度も、ばかばかしいから無視するにかぎる。でも事実と異なることを言われたので、一応反論するために足をとめる。

「別に睨んでないし、男好きでもないけど」

「さっき、滋野と一緒に体育館の裏まで行ったくせに」

「ダ・ヴィンチ先生にもべたべたしてたよね。いやらしい」

「滋野は、呼ばれたからついて行っただけ。ダ・ヴィンチ先生だって、誰とでも仲がいいじゃん。あれだけで『べたべた』と騒ぐなんて、そういうことを考える方がいやらしいんじゃない？」

「──ひどい」

自分のことを棚に上げて、河合が両目を潤ませる。いつもボーイッシュな服を着て威勢のいいことを言っているくせに、なにかあったらすぐにこうだ。

美雲が、河合を守るようにあたしを睨んだ。

「ほかの先生にもべたべたしているくせに。女子はみんな言ってるよ。『椎名きさらは男好きだ』って」

「言ってるのは『みんな』じゃなくて、あんたたちだけでしょ」

これ以上は相手をする気になれなくて、あたしは再び歩き始める。

「待てよ。話は終わってねーよ」

ドレスみたいなスカートを台なしにする言葉を口にして、美雲があたしの右の二の腕をつかんだ。あたしと同じくらいチビのくせに、思いのほか力が強い。

そのせいで、ものすごい痛みに頭の先まで貫かれた。

「あっ!!」

不意打ちに、悲鳴を上げてうずくまってしまう。

模造紙が二の腕に当たらないように工夫して持ったのに……!

「え? え? なに?」「ちょっとつかんだだけなのに大袈裟《おおげさ》なんだよ!」

頭が熱くてどっちがどっちの声かわからないでいると、ドアの開く音がした。

「なんの騒ぎだ?」

女の人にしては低い声が、それに続く。

「わからないんです、先生」「なにもしてないのに、椎名さんが」

「なにもしてなかったら、こうはならないだろう」

誰かがあたしの顔を覗き込んだ。なにか訊かれたけれど、なんと答えたかわからない。

気がつくと、あたしは保健室のベッドに腰を下ろし、右の袖を捲《まく》られていた。

二の腕にできた、青紫色の大きな痣《あざ》が露《あらわ》になっている。

「どうしたんだ、これ?」

訊ねてきたのは、髪が短くて銀縁眼鏡をかけた女の人だった。着ているのは白衣。顔はすごく小さいのに、お腹はぽっこり出た変な体型だ。話したことはほとんどないけれど、遊馬《あすま》先生という名前は知っている。あたしは、痛みをこらえて口を開く。

「階段から落ちたんです。アパートの二階に回覧板を届けにいって、戻ろうとしたときに……」

「お家《うち》の人は、なにも言ってないのか？」

「お母さんは、気づいてないと思う」

「こんなにすごい痣なのに？」

眼鏡の奥にある目を鋭くさせる遊馬先生に、「はい」としか言いようがなかった。

だって、この痣はお母さんに――。

「椎名さんのお母さんは、椎名さんに興味がないんだと思います」

「服はいつも同じようなものを着回してるし、髪も、ぼさぼさなのをまとめているだけで――」

「わかったから、あんたたちはもう帰っていいよ」

遊馬先生に遮られた美雲と河合は、口を尖らせながら保健室から出ていった。ドアが閉まると、遊馬先生は捲っていたあたしの袖を伸ばして戻す。

痣に触れないように、気をつけた手つきだった。

「セーターがきつそうだな。随分前に買ったんじゃない？」

「……気に入ってるから」

本当は「気に入ってた」だ。二年前に買ってもらったとき、このセーターは真っ赤で眩《まぶ》しくて、夏でも着ていたいくらいだった。でも、いまは色褪《あ》せて、朱色に近づいている。サイズも合わない。特に、膨らんできた胸がきつい。

遊馬先生は、あたしの右腕をじっと見つめている。咄嗟《とっさ》に痣があるところを左手で覆うと、先生は言った。

「なにか隠してない？　よかったら、私がお母さんと一度お話し――」

「お母さんには言わないで！」

反射的に返してしまった瞬間、まずいと思った。

遊馬先生の目が、ますます鋭くなる。

「どうしてお母さんに言ったらいけないの？」

迷ったけれど、内緒にしてほしいと頼んでもお母さんにしゃべられてしまうかもしれない。

「だって、階段から落ちたなんて恥ずかしいから。柿沼先生に頼まれたことがあるから、もう行きます」

遊馬先生の答えを待たず、あたしはベッドから飛び降りた。先生が運んでくれたのだろう、模造紙はベッドに置かれている。

「椎名さん、もしもなにか話したいことがあったら――」

「なにもない。さよなら」

遊馬先生が言い終える前に、あたしは模造紙を手に保健室から逃げ出した。

模造紙を図工室に持っていくと、教室でランドセルを背負って、急いで学校を出た。

一刻も早く、お母さんに謝りたい。

遊馬先生は、あたしの話を信じていないようだった。もし「お母さんのせいで痣ができたんじゃないか」と家《うち》に調べにきたら、お父さんとの約束を破ることになる。

お父さんが死んだのは、あたしが小学生になるずっと前、まだ小さかったときのことだった。

――お母さんをしっかり支えてあげてくれ。たった一人の娘なんだから頼んだよ、きさら。

病院のベッドに横たわったお父さんは、あたしに何度もそう繰り返したのだという。この話をする度に、お母さんは「『任せて』と頷くきさらは健気《けなげ》だったよ」と涙ぐむ。でも正直、あたしは入院生活どころか、お父さんの記憶すら曖昧《あいまい》だ。

でも、お母さんと仲よく並んだ写真を見ると、そういうことを言いそうな人だとは思う。

そしてあたしなら、意味はわからなくても「任せて」と答えただろうとも思う。

だから、お母さんの負担になることをしてはいけない。迷惑になることもしてはいけない。邪魔になることだってしてはいけない。

なのに、もしも遊馬先生がいろいろ調べたら。

我が家の秘密がばれてしまうかもしれない……！

あたしの家は、登戸《のぼりと》南小学校から歩いて十分ほどのところにあるアパートだ。大きな道路に面しているので、朝も夜も関係なく車の音がする。建てられたのは、あたしが生まれるずっと前、昭和という時代。建て付けが悪くなっているので、玄関ドアは簡単に開け閉めできない。アパートに着くと、力を入れながらも、できるだけそっとドアを開けた。

　お母さんの勤務先は、登戸駅の近くにあるノビージョというファミレスだ。昼間に働くこともあるけれど、多いのは夜。今日は金曜日でお店が混むから、いつもぎりぎりまで寝ている。

「お帰り、きさら」

　でもお母さんは、今日は起きていた。あたしに背を向けて卓袱台《ちゃぶだい》に両肘をつき、なにか食べている。驚いた以上にうれしくて、一瞬、保健室のことを忘れた。「ただいま」と言いながら靴を強引に脱ぎ、後ろからお母さんに抱きつく。

　ショートカットの髪から、シャンプーのいいにおいがした。

「今夜は仕事だよね。寝なくて大丈夫なの？」

「これから寝る。さっきまで、川崎の方に行ってたの」

　登戸《ここ》も川崎市内ではあるけれど、この辺りの人が「川崎の方」と言ったら川崎駅近辺を指す。

「なにか用事？」

「ちょっと買い物に行っただけ。はい、これ。お土産」

振り返ったお母さんは、にっこり笑いながら卓袱台に載ったお菓子を指差した。川崎大師の名産品で、駅の近くでも売られている久寿餅《くずもち》だ。普通は「葛餅」と書くけれど、川崎大師のものは「久寿餅」と書く。

「おいしそう！」

「たくさん食べな。私も食べてる」

久寿餅を頬張るお母さんは、機嫌がよさそうだった。あたしとよく似たつり気味の目は、糸のように細くなっている。

一瞬、黙っていようかと思ったけれど、遊馬先生にあんな風に言われたのはあたしの責任だ。

なにも言わないなんて、ずるい。

「あのさ、お母さん」

畳に正座したあたしは、保健室でのことをお母さんに報告する。

話が進むにつれて、お母さんの顔はみるみる強ばっていった。

真壁

十一月二十九日火曜日、午前八時二十七分。

〈今夜は外で食べよう。たまには母さんが巧《たくみ》に奢《おご》る〉

神奈川県警刑事部捜査一課の真壁《まかべ》警部補の携帯に母からLINEが届いたまさにその瞬間、「川崎区内で女性の変死体発見」の一報が入った。

前夜から当直で署に詰めているが、ここまでは驚くほどなにも起こらなかった。

〈今月二十四日、静岡県の山中で発見された、後頭部を殴られ死亡したと見られる女性の白骨死体は未だ身許《みもと》が判明していない〉

〈一昨日の夜、博多駅近くの繁華街で発砲した暴力団員は依然逃走中。県警は総力を挙げて行方を追っているが、捜査は難航している〉

〈警視庁で不祥事か。容疑者宅から押収した証拠品を紛失した疑い〉

ウェブサイトで、他都県のニュースをチェックする余裕すらあった。特に警視庁の不祥事については、課内で少々盛り上がった。表立って対立しているわけではないが、警視庁と神奈川県警は伝統的に折り合いが悪い。

そんなことをしつつ、仮眠を取ったり、溜まった書類を片づけたりしているうちに、当直終了の八時半が近づいてきた。今日はなにごともなく終わりそうだ、と安堵しかけたところで、これである。

真壁は、ほかの刑事に先んじて席を立った。ロッカールームに駆け込むと、当直中の着用が義務づけられている制服からスーツに着替える。スーツは県警本部から何着か支給されるが、いま真壁が袖を通したのは自腹で買った安物だ。歩き回ってすぐぼろぼろになるから、金をかける必要はない。

一瞬だけ迷ったが、母にはパトカーの中で返信することにしてロッカールームを出た。容疑者逮捕まで捜査本部に詰めることになるから、今日どころか当面の予定はキャンセルだ。母はがっかりするだろうが、この前会ったばかりだから許してくれるだろう。

捜査一課の刑事は激務ではあるが、最近は極力、顔を見せるようにしている。

ＪＲ川崎駅西口には、巨大ショッピングモール「ラゾーナ川崎」や音楽ホール「ミューザ川崎シンフォニーホール」などが建ち並び、平日昼間でも人通りが多い。東口の方も、駅近辺は買い物客でにぎやかだ。

しかし東口から少し足を伸ばすと、様相が一変する。無計画に建てられた古いビルや宿泊施設が乱立している上に、狭い路地がいくつも無規則に走り、全体的に雑然としているのだ。風俗店も多く、同じ「にぎやか」でも駅近辺とは空気がまるで違う。

被害者が発見されたのはそんな区画の一つ、風俗店街で知られる川砂町《かわすなちょう》の狭い路地だった。両側には、古いビルや店舗が建ち並んでいる。

第一発見者は、近所に住む風俗嬢。朝帰りの途中、近道しようと足を踏み入れた路地で、遺体に出くわしたらしい。

現場では、この区域を管轄する川崎警察署の刑事たちが、現場を荒らされないように野次馬たちを監視していた。所轄の刑事が現場で最優先すべきは、真壁たち本部の捜査員が臨場するまでの保持である。遺体を勝手に調べたりしたら、始末書どころの騒ぎでは済まない。

所轄の刑事たちの中には、真壁が見知った顔もあった。互いに軽く目礼してから、規制線のテープをまたぐ。

遺体の周囲では、青い制服に身を固めた鑑識員たちが現場検証をしていた。毛髪や足跡《ゲソ痕》を残しては現場を荒らすことになるので、まだ近づくことはできない。遠巻きに遺体を見遣《みや》る。

被害者は、左胸に包丁を突き刺され、仰向けに倒れていた。表情は、苦悶で大きく歪んでいる。

真壁が被害者を見て抱いた第一印象は「派手で小太りな中年女性」だった。羽織っているのは、見るからに上質なファーつきのコート。髪は紫色に染め、ごてごてした金色の指輪やネックレスをいくつも身につけている。とても堅気の勤め人には見えない。

その印象は当たった。

検視官が鑑識作業を中断し、ビニール袋に入れた免許証を真壁ら本部の刑事たちに手渡してくる。そこから判明した被害者の身許は、遠山菫《とおやますみれ》、四十九歳。その名を聞いた途端、川崎警察署の刑事たちの間に「やはり」という空気が漂った。

「知っているんですか」

真壁が傍にいた川崎警察署の刑事課長に訊ねると、首肯《しゅこう》が返ってきた。

「ラバーズX《エックス》という大手風俗店のオーナーだよ。業界では有名人だ」

川崎市に本拠を置くラバーズXは、風俗嬢目当てに訪れる客を相手にする店舗と、風俗嬢の派遣、いわゆるデリバリーヘルス（デリヘル）の二つのサービスを柱とする。法的にはグレーゾーンのサービスをいくつも手がけているが、政財界の重鎮に「上客」がいる――かつては県警上層部にもいたらしい――ため、摘発には至っていない。

言われて真壁も思い出した。本部の刑事になる前、遠山の写真を一度見たことがある。だが、そのときとはだいぶ印象が異なっていた。

真壁が見た写真の遠山は、笑顔なのに笑顔に見えない「やり手の経営者」という顔つきでいい印象は持てなかったが、細面《ほそおもて》の美人ではあった。もっとも、あれは十年以上前の写真だ。

人は変わるものだな、と思いながら、真壁は検視官に言う。

「大儲けしている風俗店のオーナーとなると、いろいろ恨みを買ってそうですね」

「包丁が深々と突き刺さっているから、その線は充分ありえる。もっとも、通り魔の可能性も否定できん。どのみち、相当な殺意がないとできない芸当だ」

「物取りの線は？」

「まだ断定はできんが、物色された形跡がないから、そっちは捨ててよさそうだ。それと、気になることがある」

検視官は、免許証の住所欄に視線を落とす。

「解剖結果を待つ必要はあるが、死亡推定時刻は二十八日午後十一時半から二十九日午前○時半の間ってところだと思う。そんな時間に、被害者《ガイシャ》はどうしてこんな場所を歩いてたんだ？　自宅は駅の方だから、ラバーズXから帰るなら反対方向だぞ」

捜査会議まで時間があるので、近辺の聞き込みを開始する。

捜査に当たっては、所轄と本部の刑事がコンビを組むのが慣例である。今回の真壁の相方は、先ほど目礼した相手――宝生《ほうしょう》巡査部長だった。今年で二十八歳だが、小柄で華奢《きゃしゃ》、おまけに童顔で、大学生、下手をすれば高校生にも見える男だ。

かつて横浜市鶴見《つるみ》区の鶴見駅東口交番で一緒に勤務していたことがあるが、あのころから見た目は少しも変わっていない。

「よろしくお願い致します、真壁さん」

「そんなに畏《かしこ》まらないでくれ。普通でいい」

「でも、いろいろご指導いただきたいです。私はまだ、刑事課に来て一年ですから」

所轄の刑事は刑事課に、本部の刑事は刑事部に所属する。後者は県内全域の捜査を担うため、必然的に捜査能力に差がつく。加えて階級が下なので、自然、宝生の一人称は「私」となっていた。とはいえ、

「畏まらないでくれ、と言っただろう。交番《ハコ》勤めした仲なんだ。二人のときは『俺』でいい」

「そうはいきません。真壁さんは私にとって上司なのですから、いついかなるときでも

『私』と言わなくてはなりません」

　真っ直ぐ見上げてくる眼差しに、苦笑しつつ頷く。

「好きにしろ。ただ、俺だって本部勤務は長くない。指導はするが、俺にだけ頼らないでくれ。意見があったらどんどん言ってほしい」

「そんな大それたことじゃない。それが被害者《ガイシャ》の無念を晴らすことにつながる」

「大それたことは――」

　宝生が妙な顔をした。

「どうした？」

「いや……被害者《ガイシャ》の無念なんて、真壁さんらしくない言葉だと思いまして」

「失礼だな」

　再び苦笑を浮かべるが、的を射ている。

　以前の自分なら、こうした言葉を積極的に口にすることはなかったろう。

「そうですね、失礼しました。私も、自分が恵まれた環境で育ったから、不幸な人たちの役に立ちたい。一緒にがんばらせてください」

　宝生の頬が、少年のように紅潮する。

　自分が恵まれた環境で育ったから、不幸な人たちの役に立ちたい――その志も含め、宝生の方は交番勤務時代から少しも変わっていないようだ。

真壁と宝生の聞き込み相手は、ラバーズXの風俗嬢二名と、ボディーガード風の男一名だった。場所は、風俗嬢たちが暮らすマンションの一室である。店が所有している物件で、「社員寮」のようなものらしい。遠山の住居である高級マンションは、すぐ隣に建っている。

初動捜査の段階なので、まずは三人にまとめて話を聞く。その方が、緊張がほぐれて口が軽くなるからだ。捜査方針が決まれば、必要に応じて個別に話を聞くことになる。

真壁、宝生の順で、三人に名刺を渡す。警察手帳を見せるだけで済ませるのは、ドラマの中だけの話である。社会人としての基本的なマナーのはずだが、三人の方は簡単に自己紹介しただけで一人も名刺を寄越さなかった。

ソファに向かい合って座ると、真壁はB5サイズのノートを広げて切り出した。

「この度は、ご愁傷さまでし――」

「早くオーナーを殺した奴を捕まえてください」

真壁が言い終える前に、穴井《あない》が縋《すが》りつくように言った。下の名前は響子《きょうこ》だが、店で使う源氏名は名字から取った「アナ」。八年前から勤務しており、現スタッフの中では最古参だという。年齢は三十代半ばといったところか。

「オーナーは、行き場のない私に仕事と居場所を与えてくれました。オーナーがいなかったら、いまごろ野垂れ死にしていたかも。私だけじゃない、ダイナもそうです」

穴井が視線で、左隣の鈴木《すずき》に同意を求める。去年からラバーズXで働き始めた、まだ二十二歳の女だ。源氏名の「ダイナ」は本名だという。「名字が『鈴木』ってありふれたやつだから、親が名前は変わったのをつけたかったの」と話す様はたどたどしく、日本人ではないようだった。

こういう店では、裏社会で身分証を偽造し、名前や年齢を偽ったり、存在しない人間になりすましたりすることが往々にしてある。このダイナも、事情があって日本人のふりをしている外国人なのかもしれない。捜査の進展次第では、これについても調べることになるだろう。

「だよね、ダイナ。オーナーのおかげで、私たちはここにいるんだよね」

穴井の言葉に、ダイナは大きく頷いた。

「オーナーは、私にアナちゃんとルームシェアしていいと言ってくれたの。命の恩人ですよ」

「命の恩人が、風俗嬢なんてさせるでしょうかねえ」

真壁が敢えて挑発的な物言いをすると、穴井と鈴木は口々に捲《まく》し立てた。

「風俗嬢は、私たちがやりたくてやってるんです」

「そうだよ。仕事をしないと生きていけないけど、私たちにはほかにやれることなんてないんだし」

「オーナーはよく『風俗業は必要悪』と言ってました。風俗でないと生きられない女も、風俗でしか女を抱けない男もいるからです。その中で、生理休暇をくれたりして、最大限、私たちの健康に気を遣ってくれたんですよ」

「こんないい部屋にも住まわせてくれてるし、子どもができちゃった人のために託児所みたいな場所もつくったんだよ」

確かに2LDKのこの部屋は一つ一つの個室が広く、設備も整っているようだ。見るからに築浅物件だし、普通に賃貸すれば家賃はかなりの額になるだろう。

「ブラック企業よりも、風俗店の方がワークライフバランスが取れている」という話を聞いたことがある。真壁はそれを極論だと常々思っているが、少なくともラバーズXは当てはまるらしい。風俗業の是非はともかく、遠山は一廉《ひとかど》の人物だったのかもしれない。

穴井と鈴木の無垢な眼差しを見ていると、そう思わざるをえない。

真壁の傍らでは、宝生がノートに懸命にメモを取っている。それを横目で見てから、真壁は、遠山の遺体が発見された場所がラバーズXを挟んで自宅と反対方向であることを説明した。

「お二人とも、遠山さんのことを随分と慕ってらっしゃいますね。でしたら、どうして夜更けにあんな場所を歩いていたか、心当たりはありませんか」

「オーナーは、ダイエットのためできるだけ歩くようにしていたんです。特に、夜中にあっちこっち歩くのが好きだったみたい。あの路地も、週に何度か通っていたと思います。私は危ないと心配してたんですけど、オーナーは『近くに民家もあるから平気だよ』って。なのに……」

「そのことを知っていたのは？」

　涙ぐむ穴井には構わず問う。

「私やダイナのように、オーナーに部屋を世話してもらっている子くらいだと思います。そういう子たちは特別かわいがられて、いろいろ話をしてもらってたし、買い物に連れていってもらったりもしてましたから。店に通いで来ている子や、デリヘルの子たちは知らないはず」

「すると、オーナーを慕っているあなた方が容疑者ということになってしまいますが」

「それはない」

　真壁に応じたのは、穴井の右隣に座るボディーガード風の男だった。この男は「黒川《くろかわ》です」としか名乗っていない。その名のとおり全身を黒いスーツで固めているが、東南アジア系の顔立ちを見ると鈴木同様、本名か怪しいものだ。

「オーナーが部屋を世話している女性は、現在五名。皆、このマンションに住んでいる。夜間は、私ともう一人が交代で出入り口を見張っています。客が押しかけてきたときの備えです。昨夜は、誰も出入りしていません。私の証言だけでは信用できないなら、防犯カメラも見るといい」

「裏口は？」

「そちらにも防犯カメラがある。事件を知ってからすぐに確認したが、出入りした者はいない。必要なら、映像を提供しましょう」

「昨夜は、五人全員マンションにいたのですか？」

「アナとダイナを含む三人は出勤していました。ただし全員店にいたことは、複数のスタッフが証言しています」

裏取りはしなければならないが、遠山があの道を使うことを知っていた五人の風俗嬢は、容疑者から除外されそうだ。

ほかの風俗嬢たちからも話を聞きたいところだが、昨夜の出勤で疲れていたり、遠山の死にショックを受けていたりして、すぐには話せそうにないと言う。

「では、遠山さんに恨みを持つ人に心当たりはありませんか」

真壁の質問に、穴井は即座に首を横に振った。

「あるわけないでしょう。オーナーは、本当にいい人だったんですから」

「お仕事柄、トラブルが多かったと思いますが」

「風俗店に対する偏見ですね」

穴井が再び視線で、鈴木に同意を求める。

しかし鈴木は、今度は頷かなかった。言いたいことがありそうだが、迷っている様子だ。

真壁は、穴井たちに気づかれないよう宝生に目配せした。宝生は目だけで頷くと、ペンをノートに置いてから口を開く。

「なにか気になることがあるんですか」

宝生のやわらかな声音に、鈴木は明らかにほっとした顔をした。

真壁の人相は、お世辞にもよいとは言えない。つい詰問《きつもん》口調になっていたこともあって、鈴木は怯《おび》えていたのだろう。「ベビーフェイス」の宝生の方が、うまく話を引き出せるはずだ。

「さっき思い出したの。何日か前の昼間……たぶん、この前の金曜日かな、お店の前を女がうろうろしてました。美人だから入店希望者かと思ったんだけど、そういう感じでもなくて……」

「どんな女だったか覚えてませんか？」

「ちょっと見ただけだから……」

「なにか特徴くらい思い出せませんか？」

辛抱強く質問を重ねた宝生だったが、鈴木の答えは「ちょっと目つきがきつくて、ショートカットだったような……」と曖昧で役に立たなかった。ただ、似顔絵の作成に協力してもらう約束は取りつけた。

「オーナーのためにも、どんな女だったか絶対に思い出すよ」

「私も、なにか心当たりがあったらすぐに連絡します」

帰り際の真壁たちにそう言う二人の風俗嬢は、犯人逮捕を心から願っているようだった。

遺体発見の一報からおよそ八時間経った、午後四時半。川崎警察署で、最初の捜査会議が開かれた。捜査本部の戒名は「川崎区川砂町女性刺殺事件特別捜査本部」。本部と所轄の捜査員、計八十名ほどが一堂に会し、まずは被害者に黙禱《もくとう》を捧げる。

次いで、初動捜査の報告が行われた。

被害者は、昨夜ラバーズXに出勤していたが、午後十一時二十分には店を出た。その時刻と現場までの移動時間を合わせると、検視官の所見どおり、死亡推定時刻は二十八日午後十一時半から二十九日午前〇時半の間と見られる。現状、犯人につながる目撃証言や物証はなし。現場付近に防犯カメラの設置もなし。第一発見者はアリバイが確認され、遠山とのつながりもないことから、事件とは無関係と断定。

死因は、心臓を刺されたことによる出血性ショック死。即死ではなかったが、刺されてから数分以内に死亡したと見られる。凶器は、刃渡り一八センチの包丁。家庭で使われるものとしては標準的なサイズであり、全国の量販店で販売されている商品なので、ここから犯人にたどり着くことは困難と思われる。傷の形状が真っ直ぐで迷いがないことから、犯人は強い殺意を抱いて犯行に及んだ可能性が極めて高い。盗まれたものはやはりなく、物取りの線は完全に消えた――。

シンプルゆえに、手がかりが乏しい事件だ。捜査会議の空気が緊迫していく。

真壁が、穴井たちから聞いた話を報告する。

「鈴木が目撃したという女性に関しては、似顔絵を作成中です。穴井たちは否定していましたが、被害者は職業柄、どこかで恨みを買っていた可能性がある。人間関係を洗えば、なにか出てくるのではないでしょうか」

「恨みを持つ人間に関しては、証言があります」

右手を真っ直ぐにあげたのは、県警本部の阿藤《あとう》だった。真壁と同世代の三十代半ばで、階級も同じ警部補。人相は真壁以上に悪いものの存外面倒見がよく、後輩に慕われている。

「ラバーズXの店舗で得た証言です。十一月十四日、店まで来て、被害者に『風俗嬢から搾取《さくしゅ》するのはやめなさい』と食ってかかった男がいます。被害者が『うちは待遇がいいからみんな満足している』と話しても、男は聞く耳を持たなかったそうです。あまりにしつこいので、店に詰めていたボディーガードが脅して免許証を取り上げ、名前と住所を控えていました」

一拍おいてから、阿藤は続ける。

「壇恒夫《だんつねお》、三十八歳。同僚を刺殺した前科《マエ》のある男です」

きさら

十一月三十日水曜日。

二の腕の痣は、触ったくらいでは痛まなくなった。あたしはほっとして、ランドセルを背負う。

学校に行くのは久しぶりだ。遊馬先生と話したのが、五日前の金曜日。その次の日から風邪を引いて土日は寝込み、月曜日と火曜日も休んでしまった。最近寒いせいか、今回は治るまでいつもより時間がかかった。

お母さんが用意してくれた薬を飲みまくったのに、全然効かなかった。

昨日の夜はだいぶ動けるようになっていたけれど、お母さんが仕事で出かけて一人きりだったので、なんだか不安だった。川崎の方で一昨日の夜、殺人事件があったというニュースを見たときは、犯人がこの家に来たらどうしようとこわくなった。

あたしが完全に治るまでお母さんが一緒にいてくれたらいいのに、とは思うけれど、仕事なんだから仕方ない。こんなことじゃ、お父さんとの約束を守れないぞ。

目をごしごししながら歩いているうちに、学校に着いた。校舎が古いせいか、昇降口はいつも薄暗い。それでも自分の上履きが、同級生のものより明らかに小さいことは見て取れる。

三年生のときに買ってもらったやつだから足がきついけれど、まだ履けなくはない。パーカーだってセーターだって、なんとかなってるんだ。「新しいのがほしい」なんて言ったらだめだ。

「おはよう、椎名」

いつの間にか、すぐ左に男子が立っていた。背は、あたしより少し高いくらい。黒い髪はさらさらで、伸ばしたら女子がうらやましがるストレートヘアーになりそう。

「……おはよう、翔太《しょうた》」

まともに話すのは初めてで、まごつきながら挨拶を返した。

「翔太」というのは下の名前で、名字は「高橋《たかはし》」という。春に転校してきたときは名字で呼ばれていたけれど、「高橋」はうちのクラスの女子にもいるので、すぐ「翔太」になった。とりあえずあたしも、そう呼ぶことにしたのだ。

自分から挨拶しておきながら、翔太はあたしを見つめたまま黙っていた。美雲たち進んでいるグループが翔太のことを「かっこいいけど近づきにくい」と言い合っていたことを思い出してしまう。

「なんか用？」

「君は、これから大変になると思う。気をつけて」

意味を訊ねる前に、翔太は教室に続く階段をのぼっていった。なんなんだ、一体？

首を傾げていると、下駄箱の脇から声が聞こえてきた。

「翔太くん、椎名さんとなにを話してたのかな」

「さあ？　翔太はよくわからない奴だからな。幼稚園のときは名字が『坂下《さかした》』だったのに」

「親が離婚したってこと？」

「引っ越ししてどこかに行ってたからわからないけど、そうなんじゃない？　でもあいつは『そういうわけじゃない』とはっきり言わなくて――やばい、睨まれた！」

あたしと目が合った男子は、「やばい」という言葉とは裏腹に、話していた女子と楽しそうに逃げていった。クラスが違うから名前も知らないけれど、たぶん、美雲や河合たちのグループに入りたくて仕方なくて、遠巻きに見ている連中だ。

睨んだつもりなんてないんだけどな。

右の奥歯を、強く噛みしめる。

担任の若田《わかた》部《べ》先生は、二日間休んだあたしに「風邪が治ってよかったわね」と言っただけだった。小《こ》芝《しば》のことで頭が一杯だからだろう。

給食の時間は、特にそうだ。

あたしもかなり食べる方だし、お代わりもよくするけれど、小芝にはとてもかなわない。

「先生、小芝くんが俺のパンを取った！」

「私の牛乳も！」

今日も小芝の班から悲鳴が上がる。

「小芝くん、返しなさい」

若田部先生が班の机に駆けつける前に、小芝はパンと牛乳をぺろぺろ舐めた。

「もう唾をつけちゃったから食《く》わないでしょ。俺に触ると『貧乏が移る』と言ってたもーん」

「やめなさい！」

若田部先生はまだ若いので、お姉さんが年の離れた弟を叱っているようにしか見えない。

――小芝と同じ班じゃなくてよかった。

いつもどおりクラス全体にそういう空気が漂うのを感じながら、あたしはパンをかじった。

小五で初めて同じクラスになったのでよく知らないけれど、小芝の家はお父さんとお母さんが病気になったせいで、ものすごく貧乏らしい。服はいつも汚くて、近くに寄ると鼻がつんとする。

我が家《うち》だって、決して暮らしは楽じゃない。でも小芝の家に較べたら、ずっと恵まれている。お父さんはいないけれど、お母さんは元気で働いてくれてもいる。

だから、若田部先生が小芝にばかり構うのは仕方がないんだ――と割り切っているはずなのに、なんだかもやもやしているうちに放課後になった。

うちの班は、今週、教室の掃除当番だ。

「椎名さんは二日休んだから、一人でやってね」

「私たち、椎名さんの分までがんばったんだから」

班の女子二人はそう言うと、男子を連れて帰ってしまった。こんなことは初めてだ。

でも悪いのはあたしだから、言われたとおりにするしかない。

一人のせいで時間がかかったけれど、どうにか掃除を終わらせた。用もないしさっさと帰ろう。あ、でも保健室に寄った方がいいかな。遊馬先生はあたしの話を信じてないかもしれないから、近寄らない方がいいのはわかる。でも今後のためには、確かめておいた方がいいかも……。

迷っているうちに、保健室の前まで来てしまった。「ここまで来たら、遊馬先生と話した方がいいよね」と自分で自分に言い聞かせていることに気づいて驚く。

あたしは遊馬先生と話したいのか？　なんで？

自分の気持ちがわからないでいると、ドアの向こうから遊馬先生の声が聞こえてきた。この前あたしと話したときより言葉遣いは丁寧だけれど、声音はずっと険しい。

「話が違うじゃありませんか」

ドアに耳を押し当てる。

「椎名さんが休んでいる間に、保護者に連絡する。そういう約束だったはずですが」

「でも彼女が休むことは、珍しくありませんから」

「珍しくないからこそ、でしょう」

遊馬先生と話をしているのは、若田部先生のようだった。その後も続いた二人のやり取りから察すると、遊馬先生はあたしを心配して、若田部先生に家庭訪問するように言っていたみたいだ。

ありがた迷惑のはずなのに、心臓が「とくん」と飛び跳ねる音がした。

「遊馬先生のおっしゃることはわかります。でも、うちのクラスには小芝くんがいるんです。彼の家庭がどれほど大変か、先生もご存じでしょう。この前は万引きもしたんですよ。あの子に較べれば、椎名さんは大丈夫です。携帯まで持ってるんですから」

小学生でも、携帯を持つ人は増えている。学校への持ち込みは禁止されていたけれど、保護者から「防犯上必要」というクレームがたくさんあって、今年からＯＫになったのだ。

「比較の問題ではないし、食べるものには困っていなくても、ほかの子が当たり前のように送れる生活を送れない子はたくさんいます。相対的貧困というやつですね。学校は、そういう子の声にも耳を傾けなくては」

「そんなこと言われても、教室は大変なんです。保健室にいるだけの遊馬先生には、おわかりいただけないでしょうけどね」

「相対的貧困」という言葉の意味はよくわからなかったけれど、若田部先生の言い方はなんだか嫌な感じだった。それでも、遊馬先生の口調は変わらない。

「保健室にいるからこそ、椎名さんに痣があることがわかったんです。彼女は、お母さんをかばっているようでした」

「先生の考えすぎ――」

「『虐待されている子は、親をかばったり、自分が悪いと思い込んだりする傾向にある』。

教育学の授業で習いましたよね」

遊馬先生の言葉に、あたしの全身は一瞬にして熱くなった。

若田部先生は、なぜか笑いながら「え？　え？」と声を上げる。

「椎名さんが虐待されていると言いたいんですか？　決めつけがすぎません？」

「かもしれません。でも椎名さんの服や上履きを見れば、生活に余裕がないことは明らかです。そうしたストレスから、保護者が子どもを虐待してしまうケースは少なくない。虐待までいかなかったとしても、お母さんが椎名さんの面倒を見切れていない可能性は充分あります。忘れ物や、宿題をやってこないことも多いと聞きました。家庭訪問しましょう。一人で不安なら、私も同行しますから」

「でも、勘違いだったら……」

「それならそれで、安心できていいじゃありませんか。このまま放っておいて椎名さんの身に万が一のことがあったら、若田部先生の責任問題になりますよ」

あたしの心臓は、もう「とくん」と跳ねない。

まさか、虐待を疑われていたなんて……！

若田部先生が、大きなため息をついた。

「わかりました。今度電話して、家庭訪問をしましょう」

「今度と言わず、いますぐ電話してきてください」

「――はいはい」

人が立ち上がる気配がする。まずい、と思う間もなくドアが開いた。驚いてあたしを見下ろす若田部先生と、目が合う。

「行ってください」

遊馬先生に促された若田部先生は、あたしから目を逸らし、早足で職員室に入っていった。

「あなたはこっちに来な、椎名さん」

逃げても仕方がない。覚悟を決めたあたしは、保健室に入って後ろ手にドアを閉めた。椅子に座ったままの遊馬先生と、真っ直ぐに向かい合う。遊馬先生は顔の大きさの割にお腹が出ているると改めて思った。少し運動して、やせた方がいいんじゃないか。

「どうぞ」

丸椅子を指差す遊馬先生に、あたしは首を横に振って告げる。

「痣は、階段から落ちただけだって言ったでしょ」

「それなら『お母さんには言わないで！』なんて言わないんじゃないかな。『恥ずかしいから』という理由も、説得力がないよ」

言葉に詰まる。遊馬先生は「虐待されている子は、親をかばったり、自分が悪いと思い込んだりする」と考えているんだ。なにを言っても無駄じゃないか。

遊馬先生を睨むように見据えたまま、どうしたらいいか考える。

家に帰ったら、すぐお母さんに報告しよう。虐待を疑われていることを知られてしまうのは、もう仕方がない。せめて、家庭訪問を中止させる方法を見つけないと。この前、あたしから保健室の話を聞いただけで、お母さんはあんなに顔を強ばらせたんだ。先生たちが乗り込んでくると知ったら、どれほど嫌がるか。

ノックの音がして、ドアが開いた。若田部先生が入ってくる。

「椎名さんのお母さんが『今日なら家庭訪問してもらっていい』と言ってるんですけど、どうしましょうか？」

若田部先生は戸惑っていたけれど、あたしはもっとだった。

どうしてお母さんは、家庭訪問を受けたの？　痣の話になるに決まっているのに？　とても放っておけなくて、あたしも先生たちと一緒に「お母さんと話したい」と言い張った。若田部先生は「それはちょっと」と嫌がったし、遊馬先生も「椎名さんがいない方がお母さんも話しやすいんじゃないかな」と言ったけれど、二人とも最後には折れた。

あたしと遊馬先生、若田部先生の三人で家に向かう。あたしの気持ちをほぐそうとしてか遊馬先生がいろいろ話しかけてきたけれど、まともに返事はできなかった。身体が熱いままで、冬めいてきた空気は冷たいのに全然寒いと感じないでいるうちにアパートに着く。遊馬先生がドアチャイムを鳴らすと、すぐにドアが開いた。

「いらっしゃい」

現れたお母さんに、遊馬先生の目が大きくなった。若田部先生も、春の家庭訪問で似たような目をしていたっけ。

お母さんが、きれいだからだ。

目つきはちょっときついけれど、色白で、鼻筋が通っていて、ショートカットにした髪は濡れたように色が濃くて。自分の母親ながら、美人としか言いようがない。

あたしは、そんなお母さんに似ているとよく言われる。

あたし自身はそうでもないと思うけれど、だから滋野が「かわいいから」と告白してきたのも、なんとなくわかった。

家にあがった遊馬先生とお母さんが、自己紹介し合う。七畳の和室と小さな台所しかないので、大人三人と子どものあたしで家の中は一杯だ。お母さんと先生たちが、卓袱台を挟んで向かい合う。あたしは台所に座って、それを眺めることにした。

「タバコは吸いますか」

お母さんが卓袱台に置いた大理石の灰皿を指差すと、先生たちはそろって妙な顔をした。

「そんな顔しないでください。きさらの前では、普段は吸わないようにしているから」

「そ……そうですか。それより、その、本日は急なことなのに、お時間いただいてすみません。きさらさんについて、ちょっと確認したいことがありまして。まあ、考えすぎだとは思うのですが、念のために」

家庭訪問に乗り気でなかったせいか、若田部先生は歯切れが悪い。隣で遊馬先生が、渋い顔をする。

お母さんは、にっこり微笑んだ。

「この前きさらから、だいたいのことは聞きましたよ。私のせいで、きさらに痣ができたと思ってるんでしょ？　もしかして、虐待を疑ってます？」

「いえ、そういうわけでは……」

「私が働いているファミレスは、深夜手当がつくんです」

お母さんはにっこりしたまま、いきなり切り出した。

「基本は夜勤で深夜手当がつくけど、昼間働くこともあるし、計算しやすいように平均時給はざっくり一〇〇〇円としますね。週の勤務時間は四十時間くらい。一週間で稼げる金は多くて四〇〇〇〇円ほど。一ヵ月を四週間とすると、一六〇〇〇〇円。これに児童手当や児童扶養手当などを加えた金額が、私の月収です。そこから税金や光熱費などが引かれますから、小五の娘と二人で暮らすには、はっきり言ってぎりぎりです」

若田部先生は戸惑った顔になるけれど、お母さんからすると、こんな風に金額を並べ立てるのは慣れたものだ。一週間に何度も、月収を計算しているから。

そうやって数えれば、もらえるお金が増えると信じているかのように。

「暮らしていけないことはありませんけど、娘に新しい服や、上履きを買ってあげることもできない。かわいそうな思いをさせていることはわかってます。でも娘はそれを承知で、私を支えてくれている。好きな物を買ってあげられない分、私も愛情を注いで育てている。二人で必死に生きているんです」

お母さんが家の中を見回す。外観からは意外なほどきれいに片づいていることを自慢したいのだろう。布団は押し入れにきちんとしまい込んであるし、お母さんが使う化粧品も、きれいに棚に並んでいる。

それからお母さんは、あたしとよく似た目で若田部先生を見据えた。

「虐待を疑われるのは、仕方ないことかもしれないけど、悔しい」

「で……ですよね。そういえばきさらさんは、去年の二分の一成人式で『ずっとお母さんと暮らしたい』と言ってたみたいですし」

ほっとした様子の若田部先生に、あたしはここぞとばかりに加勢する。

「虐待するような親と、一緒に暮らしたいはずがないでしょ。痣は、階段から落ちてできたんだってば」

三対一だ。これで遊馬先生も引き下がる、と思ったのに。

「お母さんがきさらさんに愛情を注いでいることは、よくわかりました。なのにあんな大きな痣に気づかなかったのは、よほどお仕事が大変だからだと思うんです。それなら、しばらくの間きさらさんに毎日保健室に来てもらう、というのはいかがでしょうか」

予想もしなかった言葉が飛んできた。お母さんも若田部先生も「え？」という顔をする。

遊馬先生は、別人みたいににこにこ笑って続ける。

「きさらさんが保健室に来れば、様子を見てあげられます。なにかあったらすぐにお知らせできるから、お母さんも安心でしょう。いかがです？」

「……ありがたいけど、結構です。先生に、そこまでご迷惑はかけられません」

我に返ったお母さんがぴしゃりと言うと、遊馬先生は「迷惑なんかじゃありませんよ」と首を横に振った。お母さんの顔が強ばる。

「そんなことを言うのは、やっぱり虐待を疑っているからじゃないですか。私のせいで、きさらに痣ができたと思ってるんでしょう」

「とんでもない。ただ、少しでもお力になりたくて――」

ドアチャイムの音が、遊馬先生の言葉を遮った。

「椎名さん、来ましたよ」

外から、しわがれた声がする。「ちょうどいいタイミングだ」と呟《つぶや》いたお母さんは、あたしの前を横切ってドアを開ける。

立っていたのは、二階に住んでいるおばあちゃんだった。

あたしが階段から落ちた日、回覧板を届けにいった人だ。

お母さんは、おばあちゃんのことを先生たちに説明してから続ける。

「今日は用事があって区役所に出かけてたんですけど、きさらが階段から落ちたことを証言するために戻ってきてくれたんです」

おばあちゃんが「そうだよ」と頷く。

「きさらちゃんが私に回覧板を届けてくれた後、すごい音がしたんだ。びっくりして外に出たら、階段の下で右腕を押さえてうずくまっていた。大丈夫か、と声をかけたけど、立ち上がって部屋に戻っていったから大事はないと思ったのさ」

全然気づかなかったけど、あのとき、おばあちゃんが声をかけてくれていたのか。驚く一方で、納得もする。「痣ができたのはお母さんのせいじゃない」と証言してくれる人を見つけたから、お母さんは家庭訪問を受けたんだ！

お母さんは、勝ち誇った顔をして両手を広げた。

「どうですか、先生方《がた》？　私がなにもしていないと、わかってもらえたんじゃないですか？」

「ええ、もちろん。私は最初から、そう思ってましたから」

「なら、どうしてきさらさんは私に『お母さんには言わないで！』なんて言ったの？」

若田部先生と違って納得していない遊馬先生が、あたしに訊ねてくる。こうなったら、隠しても仕方がない。

「だって、この痣はお母さんに知られたくなかったから。一生懸命働いてくれているお母さんに、心配かけたくなかったから。あたしがこんな風に思っていることを知ったら、お母さんが気にするでしょ。だから内緒にしておきたかったの。先生に教えたら、お母さんにしゃべっちゃうと思って言えませんでした。ごめんなさい」

遊馬先生に誤解されたことをお母さんに黙っているのは「ずるい」と思って、結局は痣のことも話してしまったけれど。

「そういうことなら、さっき保健室で言ってくれればよかったと思うけど？」

「遊馬先生は『虐待されている子は、親をかばったり、自分が悪いと思い込んだりする』と言ってたでしょ。あたしがなにを言っても信じてもらえないと思ったんです。本当は、家庭訪問だって嫌だった。ただでさえ忙しいお母さんの、負担になっちゃうから」

「気持ちはうれしいけど、次に痣をつくったらすぐお母さんに話しなさい」

お母さんは喜んでいいのか、困っていいのか迷っているような顔をして言った。

「ごめん」

お母さんに頭を下げてから、あたしは遊馬先生に言う。

「お母さんが痣に気づかなかったのは、あたしが隠していたせいです。だから、毎日保健室に行く必要もありません」

若田部先生が、深く息をつく。

「きさらさんは、本当にいい子です。考えすぎだったみたいですね、遊馬先生」

「いい子すぎて心配ですね」

「あ、遊馬先生？」

袖をつかむ若田部先生を無視して、遊馬先生は銀縁眼鏡の向こうにある目を光らせ、あたしを見据える。

「あなたみたいな子どもを、私は何人も見てきた。責任感が強くて、親になにかされていてもかばったり、自分が悪いと思い込んだりする子どもを。本当になにもされていないの？」

「失礼ですよ、遊馬先生！」

若田部先生は慌てたけれど、お母さんは感情の読めない目で、あたしを見つめるだけだった。

遊馬先生はおかしなことを言う。お母さんは本当に、あたしになにもしていないのだ。かばったり、自分が悪いと思い込んだりするはずない。

「なにもされてません」

遊馬先生は釈然としない顔をしていたけれど、「不躾《ぶしつけ》なことばかり申してすみませんでした」と謝る若田部先生と一緒に、頭を下げるしかなかった。

「いいえ。これからも、きさらをどうかよろしくお願いします」

お母さんは嫌な顔一つしないで、先生たちが帰るまで何度も頭を下げた。

こういう人だから、あたしはお父さんとの約束を守って支えたいんだ。

真壁

午後四時三十二分。

真壁は、宝生とともに壇の住むアパートに向かっていた。

昨日の会議後、情報を持ってきた阿藤はすぐ壇に話を聞きに行ったが、不在だった。隣人によると、壇は独り暮らし。勤務先も職種も不定の日雇い労働者で、何日も帰宅しないこともあるようだ。逃亡したおそれもあるが、現状ではあくまで単なる聞き込み対象なので指名手配するわけにもいかない。

そのため、阿藤と川崎警察署の刑事がアパートを張り込み、壇の帰宅を待つことになった。

阿藤から〈壇が帰宅した〉という電話が真壁に入ったのは、二十分ほど前である。〈手が空いてるなら宝生と手伝いにきてくれ〉と続けられたので、こうして向かっている。

事件の捜査は、地取《じど》り、鑑取《かんど》り、特命、情報の四班に分けられる。各捜査内容は、地取りは各地域の聞き込み、鑑取りは被害者の交友関係、特命は物証、情報は寄せられた情報の裏づけである。したがって壇への聞き込みは、鑑取り班の担当だ。真壁たちも鑑取り班ではあるが、

「どうして阿藤さんは、私たちを呼んだんでしょうね。壇から話を聞くだけなら、そんなに人手はいらないでしょう」

首を傾げる宝生を見ていると、真壁はつい笑みを浮かべてしまう。

「お前はかわいがられているんだよ。華々しい経歴で刑事課に引っ張られた、期待の星

だからな。経験を積ませてやろうという、阿藤なりの親心だ」

「期待の星なんてことは……」

宝生は童顔を赤らめ謙遜《けんそん》するが、事実だ。

自分が恵まれた環境で育ったから、不幸な人たちの役に立ちたい——高卒で着任するなり目をきらきらさせて語る宝生を、鶴見駅東口交番の巡査二人は「少々甘い」「少々世間知らず」とからかっていた。親子二代で警察官だというから、「現実を見ろよ」という思いもあったのだろう。幼稚なからかいにこそ加担しなかった真壁だが、同僚たちと似たような感情を抱いてはいた。

しかし警邏《けいら》はもちろん、近隣住民の道案内から酔っ払いの介抱、落とし物の受けつけまでいつも真剣にこなす宝生の姿に、真壁を含む周囲の目は自然と変わっていった。

そして二年前、宝生の転機となる事件が起こった。

交番巡査は、二、三年周期で異動になる。その当時の宝生は、登戸駅南交番に配属されていた。

登戸駅には、小田急線とJR南武線の二路線が乗り入れている。強盗事件が発生したのは、小田急線登戸駅の隣駅、向ヶ丘遊園《むこうがおかゆうえん》駅前のコンビニだ。金銭を奪った犯人は、ナイフを持ったまま逃亡。警邏に駆り出された宝生は、小学生女児を人質に取ろうとする犯人と遭遇した。咄嗟に女児をかばった宝生は、左腕上腕部にかすり傷を負ったものの犯人を確保。マスコミから「お手柄巡査」と取り上げられた。

これがきっかけで、刑事部が宝生に声をかけた。県警本部には、刑事部、生活安全部、交通部などの部署があり、各々、有望な人材をさがし求めている。「刑事の素質あり」と見込まれた宝生がスカウトされたのは当然の成り行きだった。

それから宝生は、書類審査や面接を経て刑事講習に臨んだ。当時は自分の出世が最優先だった真壁も、努力する宝生の姿に学生時代の自分を重ね合わせ、いろいろ相談に乗ってやった。

自分が刑事課に行ってから宝生の父に世話になったので、「相談に乗らないわけにはいかなかった」という事情もあるが。

宝生の父は、熊のようなぽっちゃり体型で、外見が宝生と何一つ似ていなかった。宝生から事前にいろいろ聞かされていなかったら、とても親子関係にあるとは思えなかっただろう。

そうした経緯があっただけに、宝生が刑事課に配属されたときは一緒に喜んだし、心強くも思った。ナイフを持った犯人に臆することなく立ち向かったのだ。宝生には、刑事の適性がある。ゆくゆくは本部に呼ばれるに違いない。

しかし、一抹の不安がないわけではない。

壇の住居は、ラバーズXからさほど離れていない場所にあった。現行法の耐震基準を満たしているとは到底思えない、二階建ての古い木造アパートだ。周囲に五階以上のコンクリートマンションが建ち並ぶ中、その様相は異質だった。

アパートの手前で、阿藤たちと合流する。壇の部屋は、階段をのぼって手前から二つ目だ。窓から飛び降りることのできる高さなので、念のため、阿藤の相方がそちらを見張ることになった。

阿藤、真壁、宝生の順に錆の浮かんだ鉄骨階段をのぼり、壇の部屋の前まで行く。目だけで頷き合い、阿藤がドアチャイムを押した。

「……はい」

ドア越しに、疲労の滲《にじ》んだ声が聞こえてきた。

「お忙しいところすみません。この辺を回っている者なのですが、ちょっとお話をうかがわせていただけないでしょうか」

警察の訪問を隣近所に知られたがる者はいない。阿藤は警察とは名乗らず、ドアスコープに向かってジャケットの胸元を少しだけ捲り、警察手帳を見せた。数秒の間をおいて、ドアがわずかに開く。青白い顔をした男が、警戒心を露にこちらを見据える。

「とりあえず、中へ」

声にもまた、警戒心が如実に滲んでいた。疚《やま》しいことがあるからか、と思いかけたが、壇には前科《マエ》があるのだ。警察に過敏に反応するのは当然か。

壇が殺人を犯したのは、十七年前の十二月四日深夜である。

被害者は、壇の職場の先輩。高卒で中堅文具メーカーに就職した壇は、入社直後から先輩に執拗《しつよう》ないじめを受けていた。人目につかない場所で皮肉を言われたり、仕事の邪魔をされたりしていたため、同僚たちは誰も異状に気づかなかったらしい。上司に訴えたが「社会人にもなっていじめなんてあるはずない」と相手にされなかった壇は、それでも三年間耐えた。しかし思い詰めた挙げ句、夜道で先輩を刺殺。物証はほとんどなかったが、地道な聞き込みの末に目撃者が現れ逮捕に至った。

裁判では、弁護士が情状酌量の余地ありと訴えたものの、当時、川崎区で発生していた連続通り魔殺人に便乗し、その一環に見せかけようとした悪質さから、検察の求刑どおり懲役十一年の実刑判決が下された――。

「失礼します」

一礼する阿藤に続いて、真壁たちも中に入る。玄関を入ってすぐのところに狭い台所、その先に五畳ほどの和室があった。男の独り暮らしにしては片づいているが、流しにはコンビニ弁当の容器が大量に積み上げられていた。三食すべて賄《まかな》っているとしか思えない量だ。

壇が、真壁の視線に気づく。

「プラスチック容器の収集日は週に一回だから、寝坊したり、仕事が入ったりして、つい捨てそびれてしまうんですよ」

「自炊はしないんですか」

「やりたくても、どうせ私にはできませんから」

力なく笑う壇は、十七年前の写真とは面影が随分違った。あのときもやせぎすではあったが、ここまで不健康そうではなかったのに。

壇と阿藤が和室に入る。座卓や箪笥があるので、四人入るのは無理だ。宝生を台所に残し、真壁が阿藤に続いた。こちらが名乗り終えるなり、壇は言う。

「話はなんです？　生活に手一杯で、悪いことをする余裕なんてありませんよ」

「遠山菫さんをご存じですよね」

阿藤が単刀直入に切り出すと、壇はどうでもよさそうに頷いた。

「ラバーズXのオーナーですよね。二週間ほど前に揉めましたよ。向こうが被害届でも出しましたか」

「亡くなりました」

「え？」

驚きの声を上げた壇だったが、数秒の黙《もだ》の後《のち》、ゆっくりと言葉を継ぐ。

「刑事さんたちが来たということは、事件性があるということですよね」

「二十八日深夜、川砂町の路上で刺殺されました。テレビでも大きく報道されていますが、ご存じない？」

「ずっと仕事でしたから。それで、彼女と揉めた私を疑っているわけですね」

「とんでもない。ただ、話を聞きたいだけですよ」

阿藤は愛想笑い一つ浮かべないので、説得力は皆無だ。もっとも、阿藤自身も説得力を持たせる気はさらさらあるまい。

「あなたはどうして、ラバーズXに行ったのです？　失礼ながら、風俗で遊ぶ余裕などなさそうですが」

「仕事で一緒になった人から、あの店の噂を聞いたんですよ。女性に売春させておきながら、恩人面《づら》して生活の世話をして、感謝までされている。私に言わせれば、怪しげな宗教団体と同じでとんでもない話だ。だから、女性を解放するよう言いにいったんです」

理屈はわかるが、穴井や鈴木たちがあそこ以外に居場所がないことは事実だ。遠山からすれば、壇の言い分はきれいごとにすぎなかっただろう。

「ご立派な考えです。が、一般人が風俗店に怒鳴り込むというのはやりすぎじゃありませんかね」

阿藤の言葉に、ただでさえ悪い壇の顔色はさらに悪くなった。

「仕事のストレスでいらしていたし、酔ってましたから」

「それで遠山さんに話をしたが相手にされず、ボディーガードに免許証を奪われ名前と住所を知られてしまった。屈辱と恐怖に駆られたあなたは数日かけて遠山さんの行動パターンを洗い出し、目撃者がいそうにない場所を見つけ犯行に及んだ。そんな風に考える刑事もいるわけです」

「その刑事というのは、阿藤さんのことじゃないですか」

「二十八日の深夜は、どちらにいらっしゃいましたか」

皮肉を無視された壇は、仕方なさそうに答える。

「家で寝てました」

「それを証明する人は？」

「いるはずないでしょう。独り暮らしで、友だちもいないんだから」

「むきにならないで。ここだと壁が薄くてお隣さんに聞こえるかもしれないから、ひとまず署の方に行きませんか」

「……嫌ですよ。だいたい、相手に免許証のコピーが渡っているのに、殺すはずない」

「そう言わずに。お手間は取らせませんから」

上辺だけは丁寧な口調で、阿藤は威圧的に促す。

真壁には、阿藤が壇に喰いつく気持ちがわかる。前科《マエ》がある上に被害者とトラブルになっていて、アリバイはないのだ。疑いたくなる条件がそろっている。

それでも、署に連行することには躊躇《ためら》いがあった。小刻みに震える壇を見ていると、取調室に入れられたら最後、やってもいない罪を認めてしまうのではと不安になる。

引っかかることもある。

「遠山さんの傷の形状は真っ直ぐだった。壇さんなら昔のことを思い出して手が震え、あんな傷にならないんじゃないか。そもそも、別の凶器にするんじゃないか」

「そんなことが根拠になるか」

壇を安心させるため、敢えて本人の前で口にした真壁の意見を、阿藤は一蹴《いっしゅう》した。壇を真犯人《ホンボシ》と決めつけているからだろう。真壁が無言になると、壇は自嘲気味に笑った。

「反論しても無駄そうだ。前科があるだけで色眼鏡で見られるのは、慣れてますけどね」

「そういう話も、署でうかがいますから」

阿藤は立ち上がることで、壇に移動を促す。そのときだった。

「包丁がありませんね」

台所から、宝生の声が飛んできた。流し台下の収納を勝手に開けている。視線で咎《とが》める真壁と阿藤には目礼、唖然とする壇には「勝手にすみません」と一礼してから、宝生は続ける。

「ひょっとして壇さんは、刃物恐怖症なんじゃありませんか」

唐突な指摘の意味が、真壁にはわからなかった。阿藤も同様だろう。

しかし壇は、青白い顔を困惑させつつ頷いた。

「ええ、まあ」

「やはりですか。だから自炊しないで、コンビニ弁当ばかり食べているんですね」

――やりたくても、どうせ私にはできませんから。

壇のあの言葉は、刃物を使えないから料理そのものができないという意味だったのか。

真壁と阿藤に聞かせるように、宝生は言う。

「真壁警部補が言ったとおり、遠山さんの傷の形状は真っ直ぐでした。刃物恐怖症の壇さんなら手が震えて、あんな風にはなりませんよ」

「いや、でも……どうして教えてくれなかったんですか、壇さん」

阿藤が八つ当たり気味に、言葉の途中で矛先を変える。壇は、不健康に薄い肩を揺らした。

「言ったところで信じてもらえないでしょう。前科があるだけで色眼鏡で見られるのは、慣れてます」

先ほどと同じ言葉が繰り返される。それで壇が、この一言を言い慣れていることがわかった。

「人を殺したことに関しては、全面的に私が悪い。だからちゃんと刑務所に入って、罪を償《つぐな》いました。でも、どこに行っても前科者だとわかったら追い出される。親しくなった人も逃げ出す。『殺すくらいなら、いじめを証明すればよかった』『殺す前に会社をやめればよかった』と何度言われたことか。『そんな判断もできなくなっていた』と最後に言い返したのは、いつだったか」

壇は一旦言葉を切ると、うっすら微笑んだ。

「そのうち、刺したときのことを夢に見るようになりましてね。刃物がすっかりだめになりました。出所したばかりのころは、平気だったのに」

「……詐病《さびょう》かもしれないし、本当だったとしても、根性でなんとかしたのかもしれん」

阿藤が強ばった声で絞り出したとおり、壇の無実が完全に証明されたわけではない。

鮮やかに白黒つくのはフィクションの中だけの話であって、現実の捜査は往々にしてこういうものである。壇は引き続き、マークされるだろう。

それでも、嫌疑が薄まったことは間違いない。


「差し出がましい真似をしてすみませんでした」

壇のアパートの階段を下りた途端、宝生は深々と一礼してから、阿藤をじっと見上げた。虚を衝かれた阿藤だったが、すぐにぎこちなくも笑みを浮かべる。

「気にするな。来てもらったのはこっちだし、お前の言い分には説得力がある」

「ありがとうございます」

——俺が意見したときとは随分と態度が違うな。

真壁は内心で苦笑いしたが、仕方ないとも思う。宝生の純黒の双眸《そうぼう》は、純粋な光に充ち満ちている。あの目で見つめられては、自身の意地やプライドなど些細《ささい》なものに思えてくる。他意なく、天然でこういう目をしてくるのだからたまらない。

阿藤たちと別れ、聞き込みに戻ることにする。

「なかなかの推理だな。ミステリーの名探偵かと思ったよ」

「ほめすぎですよ」

冷やかし半分に言う真壁に、宝生は照れくさそうに笑う。

「それに、さっきの推理は受け売りです。登戸駅南交番にいたとき、刺殺事件の現場保存に駆り出されたことがあるんです。そこで、似たようなことがあったんですよ。真犯人《ホンボシ》と思われたのは隣家に住む少年だったんですが、刃物恐怖症で犯行が不可能だったんです。彼の部屋にも、カッターやハサミなど刃物の類いがなかった。それを指摘したのが、生活安全課の仲田《なかた》という女性です」

足がとまった。少し前に行った宝生が、不審そうに振り返る。

「もしかして、真壁さんは反仲田派ですか」

「そうじゃない。以前、一緒に捜査したことがあるだけだ」

仲田巡査部長。小柄でふんわりとした雰囲気の、およそ警察官らしくない女性だ。大学生に間違えられるような見た目だが、確か年齢は三十歳前後で、多摩警察署の生活安全課に所属。生活安全課の業務は、DVや児童虐待にかかわる相談、売春事件の捜査、少年（女子も含む）事件の捜査など多岐にわたる。ただし、少年事件といっても「少年による殺し」は管轄外だ。殺しの捜査は、あくまで刑事部、刑事課の専門である。

しかし仲田は、少年が関与する殺人事件の捜査協力を求められる希有《けう》な存在だ。反発する刑事も多いが、これまでいくつもの事件を解決に導いているため強くは出られない。

「仲田さんと一緒に捜査したことがあるんですか。どうでした？」

宝生の双眸に好奇心の光が灯る。

「……なかなか勉強になったよ」

あの事件のことを語るにはいくら言葉があっても足りなくて、そんな抽象的な言い方しかできない。

取り調べた少女を、忘れることもできない。

被害者《ガイシャ》の無念を晴らす――自分がそう口にするようになったのは、あの事件の後からだ。

「うらやましいです。私は彼女を遠巻きに見ただけで、挨拶すらしたことがありません。機会があったら、仲田さんと捜査してみたいです。今回だって、仲田さんのおかげで壇さんを助けることができましたからね。彼がこれ以上苦しむことがなくて、本当によかったです」

ああ、やはりそうだ。興奮気味に語る様を見ているうちに、宝生に抱く「一抹の不安」が鮮明になっていく。

――この男は、優しすぎる。

壇の境遇に同情すべき点があることは認める。しかし辛い過去や事情を抱えた人間は、決して珍しくない。刑事とは、そうした人々を相手にしなくてはならない職業である。どこかで一線を引くことが必要だ。

宝生は、それがわかっているのだろうか？

わかっているとしても、できるのだろうか？

「自分が恵まれた環境で育ったから、不幸な人たちの役に立ちたい」。その正義感が、裏目に出なければよいのだが……。

「壇さんが犯人《ホシ》の可能性は消えたと思います。現状で有望なのは、昨日の風俗嬢が話していた似顔絵の女くらいですね」

真壁の心配をよそに、宝生は決然と言った。

きさら

「迷惑かけてごめんなさい」

「うん」

遊馬先生たちが帰った後、後ろから抱きついて笑ってみせても、お母さんはそう言うだけで会話は続かなかった。あたしは緊張で身体を強ばらせ、部屋の隅でおとなしく両膝を抱えて座る。

お母さんは、それから三十分ほどテレビに顔を向けていた。映っているのは、ドラマの再放送だ。なんの反応も示さないので、ちゃんと観ているとは思えない。

「もう先生たちは戻ってきそうにないね——そこに座りな、きさら」

ああ、やっぱりだ。お母さんの前で正座して、もう一度謝る。

「迷惑かけてごめんなさい」

「本当だよ。二階のおばあちゃんに嘘の証言をしてもらうのに、いくら払ったと思ってるの」

「嘘だったの!?」

「しーっ。声が大きい」

お母さんは得意そうに口の端をつり上げ、真っ直ぐ立てた人差し指を唇に当てた。

「先生に、絶対に虐待を疑われていると思ったからね。面倒を避けるためには当然でしょ。でも私がそんなことをしないといけなくなったのは、全部きさらのせいなんだからね。たいした痣でもないのに、大袈裟に痛がって。しかも隠していたせいで、却《かえ》ってお母さんが迷惑したじゃない。余計なことばっかりしやがって、このばかが。ばか、ばか、ばか、ばか、ばか、ばか。本当にばか。ばかの中のばか。どうしようもないばか」

「ご……ごめんなさい!」

いまのいままで得意そうだったのに、どんどん苛立っていくお母さんに慌てて謝る。

でもお母さんは、首を横に振った。

「きさらのためには厳しくするよ。脱ぎな」

「反省してるから許して。お願い!」

「だめだ」

これ以上お母さんを怒らせたくなくて、あきらめて脱衣所まで脚を動かした。洗濯物が溜まった籠に、服と下着を放り込む。この時点で、既に寒い。裸になってお風呂場に入ると、タイルが氷みたいに冷たくて飛び上がりそうになった。足の裏から這《は》い上がる冷気のせいで、足首がもげそうなくらい痛くもなる。

それをなんとかこらえて、シャワーヘッドをお母さんに渡した。お母さんは、身体の内側から振り絞るようなため息をつく。

「こういうのは早く卒業してよ、きさら。もうすぐ六年生なんだから」

「……はい」

あたしは蛇口を捻《ひね》った。お母さんが握ったシャワーヘッドから音と一緒に線状になった水の束が飛び出し、あたしの頭に直撃する。水は首から肩へと流れ落ち、全身がたちまちずぶ濡れになる。

冷たいだけでなく、痛かった。

うずくまりそうになったけれど、そんなことしたらもっと怒られる。せめてと思って両腕で身体を抱きかかえると、お母さんは叫んだ。

「気をつけ！」

「……はい」

水が口に入り込んできたけれど答えて、体育の授業で並ぶときのように両手両脚を真っ直ぐに伸ばす。冷水が、あたしの身体を容赦なく這いずり回る。近所迷惑になるから、声を出してはいけない。悲鳴を上げてもいけない。かたかた鳴る歯をなんとか嚙みしめる。

もう少し我慢すれば全身が冷え切って、水があたたかく感じられるようになるから。この季節の水は氷みたいだけれど、春や夏に較べて少し時間がかかるだけだから……と自分に言い聞かせているうちに、足の感覚がなくなってきた。ふとももにつけた手の感覚も薄れ、境界線が曖昧になる。もう少し、もう少し、もう少し……。

この「水責めの刑」は、悪いことをした子どもを反省させるための躾《しつけ》だ。だから虐待じゃない。遊馬先生が言っていたように「なにかされている」なんてことはない。お母さんをかばってるわけでも、自分が悪いと思い込んでいるわけでもない。

だって。

「今回は、なにが悪かったのか言ってごらん」

シャワーの音に混じって、お母さんの声が聞こえてくる。

「あたしのせいで、お母さんが『虐待してるんじゃないか』と疑われた」

「あとは？」

「先生たちを家に来させてしまって……お母さんの貴重な時間を無駄にした」

「あとは？」

「……お……お父さんと、お母さんを支える約束をしたのに……破った」

「あとは？」

「あとは……あとは……ま……み……みず……に……た」

「声が聞こえない」

「また『水責めの刑』にされるようなことをして、お母さんに迷惑をかけた！」

「声が大きすぎ。近所迷惑だろ」

震えてうまくしゃべれないだけで、悪かったことがいくらでも出てくる。

だから思い込みじゃなくて、本当にあたしが悪い。

これは、当たり前の罰なんだ。

「小五にもなってこんな風に怒られるなんて、マジで恥ずかしい。黙っておいてあげるから、きさらも誰にも言わない方がいいよ。あきれられるからね」

言われるまでもない。「水責めの刑」にされるのは、本当に悪い子だけ。小さいころ、近所の子にこの話をして、「ものすごく恥ずかしいことなのに、よく平気で話したもんだね。お母さんはかなしいよ」とあきれられたときの消え入りそうな気持ちは、いまもはっきり覚えている。

その後でお母さんは、近所に「きさらは冗談を言っただけです」と嘘をついて回るはめになった。あたしのためにそこまでさせてしまったことが、どれほど申し訳なかったことか。

だから、これは我が家の秘密なのだ。

「はい、後ろを向いて」

「う、し、ろ、も?」

震えがとまらないから一音一音をはっきり発音して問うと、お母さんは頷いた。

「この前やったばかりだからね。それまでしばらくなかったから、きさらが成長したと思ってうれしかったのに。がっかりしたから、少し厳しくいく」

五日前、遊馬先生のことを話した日も、「お母さんのせいで痣ができたと疑われたじゃないか！」と怒られ、「水責めの刑」にされた。それがきっかけで、風邪を引いてしまったのだ。

この刑の後は、そうなることが多い。

お母さんに背中を向ける。次の瞬間、シャワーがお尻を直撃した。

「ひゃっ！」

「きさらったら、なんて声出すんだよ」

お母さんが笑うので、あたしも歯をかたかたさせながら笑う。すると、お母さんの笑い声が大きくなった。

よかった。これなら今日の「水責めの刑」は、十分くらいで終わるかも。

身体だけでなく、期待まで凍りつかせるように、冷たいシャワーはあたしを延々と打ち続けた。

このままだと凍えて死ぬ……でもこれは躾なんだから、そこまでされるはずない……。

意識が朦朧《もうろう》としてきたところで、やっとシャワーがとまった。お母さんがなにか言ったようだけれど、全身が震えてしまってよく聞こえない。

這うようにしてお風呂場から出たあたしは、タオルで全身を拭き、急いで洗濯籠に放り込んだ服を着た。さっきまで着ていたので、まだぬくもりが微《かす》かに残っている。おかげでようやく、意識がはっきりしてきた。壁にかけた時計を見る。

今日の「水責めの刑」の執行時間は、十四分だった。これまでで一番長い。

「お母さんは忙しいのに、何度もやらせるあんたが悪いんでしょ」

あたしが時計を見ていることに気づき、お母さんは吐き捨てるように言った。

「……ごめんなさい」

震える唇でなんとかそれだけ言って、タオルで髪を拭く。ドライヤーはあるけれど、お母さんから「きさらが使うのは十年早い」と言われている。髪が濡れたまま寝ると寝癖がつくことが多いから、いつも頭の後ろでまとめるようにしているのだ。

ちなみにシャンプーも、あたしにはまだ早い。

髪を拭き終え、毛布を羽織ろうとするあたしに、ストーブの前に陣取ったお母さんはぴしゃりと言った。

「甘ったれるな。全然反省してないんだね」

「でも……でも……このままだと、また風邪を引いちゃう……」

「引くわけないでしょ、昨日まで引いてたんだから」

そういうものかな。でも言い返したらまた「水責めの刑」にされそうで、仕方なくあたしは部屋の隅でうずくまり、両手で身体をさすり始めた。お母さんは「大袈裟だな」と苦笑いする。

「今夜は、ご飯抜きだからね。お母さんに悪いことをしたんだから当然でしょ」

「……わかってる」

いつこうなるかわからないから、できるだけ給食をたくさん食べるようにしている。それでも、がっかりはしてしまう。お母さんは、あたしの内心を見透かしたように微笑んだ。

「洗面所の排水管が詰まり気味でしょ。あれを直したら、飲み物は飲んでもいい」

「本当に？」

「水責めの刑」の後にこんなことを言ってくれるなんて、思ったより機嫌がいい。もしかして。

「今夜はデート？」

「大人をからかうんじゃありません」

「デートなんだ！」

頬が赤くなるお母さんを、まだ感覚が戻り切ってない人差し指で差した。お母さんは「もう！」と息をついて顔を背ける。やっぱり機嫌がいい。よし、もっとよくなってもらおう。あたしは、震えがとまらない脚で立ち上がる。

「じゃあ、行ってくるね」

「どこに？　そんなに震えて唇が紫色になってたら、『水責めの刑』にされたとばれるよ」

「でも排水管の詰まりを直すために、薬剤を買ってこないと。ＣＭでやってたよ」

「ばかだねえ。そんなもの使ったら、お金がかかるでしょ」

「じゃあ、どうするの？」

「甘えるな、自分で調べろ」

　お母さんは、ただでさえ鋭い目をさらに鋭くさせる。

　せっかく機嫌がよくなってほしかったのに、失敗してしまった。


　しばらくして、お母さんは出かけていった。デートの相手は、働いているファミレスの店長さんだ。あたしはほとんど顔を合わせたことがないけれど、長身のお母さんが小さく見えるくらい背が高い。「私は背が高いから、大きい人でないとつり合わない」そうだ。

　ちょっと前につき合っていた人は、同じくらいの背丈だった気がするけれど。

　一人になると、あたしはすぐ毛布に包《くる》まった。それでも全然あたたかくならないので、布団も被る。お母さんはああ言ったけれど、また風邪を引いたらたまらない。敷布団も掛け布団もずっと使っているのでぺったんこだけれど、ないよりはましだ。

　お母さんがいない中、熱で頭ががんがんして、吐いたものをふらふらしながら一人で片づける――あんなことは、もうしばらくやりたくない。

　ようやく身体があたたまってきたところで、携帯を取り出した。お母さんに「買ってあげる」と言われたときは「お金がかかるからいらない」と断ったけれど、「これがあれば夜はさみしくないでしょ」と押し切られたのだ。

確かに携帯があれば、お母さんがいない夜もさみしさがまぎれる。「課金は絶対だめ」と言われているので無制限には楽しめないけれど、いろんなサイトを眺めたり、ゲームをしたりしているうちに時間もつぶせる。

ちょっと前、電気をとめられて真っ暗になった夜も、ファミレスで充電して、これをいじっていたら気が紛れた。

なにより、情報収集が簡単だ。

排水管の詰まりを直す方法を検索すると、重曹とクエン酸にお湯をかけて泡立たせるのが、簡単で安上がりだとわかった。

その二つなら持っている。早速、排水口の周りに敷き詰め、お湯をかける。重曹とクエン酸はしゅわしゅわと音を立てて泡立ちながら、排水管に流れ込んでいった。なんだか理科の実験みたいで、つい見入ってしまう。でも、全部流れ切るには時間がかかりそうだ。

いつまでも見ていたって仕方がないし、身体もあたためたいから、その間に掃除することにした。

何年か前までは家の中がごみだらけで、隣から「くさい」と怒られたので、真夏でも窓を閉め切っていた。お母さんがいるときはエアコンを使っていたけれど、あたし一人のときは使用禁止。節約のため仕方ないとはいえ、熱中症で死にそうになった。

そこで窓を開けたくて、お母さんに「掃除させてほしい」とお願いしたのだ。

「構わないけど、私は甘やかさないよ。きさらが自分で、やり方を調べるならいい」

そう言われたので、そのときは自分の携帯を持っていなかったから、お母さんのものを借りて掃除の方法を調べた。おかげで随分詳しくも、得意にもなったと思う。

昨日の夜も、お母さんに「少しは片づけたら」と言われたので熱が下がり切らない中、簡単に床を拭いたりした。

でも最近、見えないところはやってないな。そう思ってテレビの裏を覗き込むと、びっくりするほど埃《ほこり》まみれだった。コンセントに埃が溜まりすぎると火事になる、と聞いたことがある。とりあえず雑巾で拭こうとしたとき、画用紙が落ちていることに気づいた。

拾い上げると、ダ・ヴィンチ先生の授業で描いた絵だった。

青い空を飛ぶ、白い鳥。写生会で山に行ったときの絵だ。これが学年代表に選ばれて、川崎市のコンクールで金賞をもらった。あのとき、お母さんはこう言ったっけ。

――絵描きになりたいわけでもないのに、金賞を取るなんて。きさらなんかより、本気で絵に打ち込んでる子もいるだろうに。そういう子のことを考えたら、そんなうれしそうな顔できるわけないと思うけどね。

お母さんの言うとおりだ。「椎名には才能がある」とほめてくれたダ・ヴィンチ先生だって、絵描きになれると思って言ったわけじゃないだろうし。

画用紙を丸めてごみ箱に捨てて、本格的に掃除に取りかかる。

一通り部屋をきれいにしている間に、排水管の詰まりはすっかり直った。「水責めの刑」にされた身体は完全にあたたまり、喉も渇いた。お母さんに許してもらえたんだから、牛乳を飲もう。

冷蔵庫を開ける。中には、二〇〇ミリリットルの牛乳パックがたくさん入っている。一つ取り出して、ごくごく飲む。おいしかったけれど、右奥の下の歯に染みた。強く噛みしめて、痛みを押しつぶす。

たぶん虫歯なので、痛みが走る度に噛みしめている。そのせいで、右目を眇《すが》めて睨んでいるように見えるらしい。

でも歯医者に行ったらお金がかかるから、お母さんには絶対内緒だ。

真壁

その夜の捜査会議は、徒労感が漂っていた。

物証が乏しく、目撃者も見つかっていない上に、真壁たちだけでなく、ほかの捜査員からも空振りの報告が相次いだからだ。捜査本部が立ち上がって一日しか経っていないとはいえ、あまりに進展がない。

唯一の朗報は、鈴木の証言をもとにした似顔絵が完成したことだった。

どこか芸術家然とした顔つきの似顔絵捜査官が、前方のホワイトボードに女の絵を貼った。出来映えが気に入らないのか、しきりに首を傾げている。自信がないものを出さないでほしい、と苦々しく思いながら、真壁は似顔絵に目を遣る。目つきが少し鋭すぎることを除けば、美人の部類に入る顔立ちだった。髪形はショートカット。

「あ――」

隣席の宝生が、息を呑む音が聞こえた。怪訝《けげん》に思って視線を向けると、宝生の双眸はこの上ないほど大きく見開かれていた。

真壁が怪訝の念を強くしている間に、似顔絵捜査官は「鈴木は、この女の目が印象に残っているようだった」などと作成の経緯を説明して会議室から出ていった。別件の目撃者を待たせているらしい。神奈川県警は、似顔絵の作成数が全国の警察で一、二を争うほど多いので多忙なのだろう。

捜査員が、後を引き継いで言う。

「鈴木はこの女性に見覚えがないということでしたが、署まで迎えに来た穴井に見せたところ、興味深い話が聞けました。六年前までラバーズXに勤務していた風俗嬢で、退職後は、被害者の紹介で登戸に住むことになった女と似ているそうです。名前は椎名綺《き》羅《ら》、二十八歳。店での源氏名はキラ。退職した時点では、五歳になる娘のきさらと二人暮らしをしていました」

断章一

椎名綺羅は、あの夜のことを忘れない。

十一月二十八日月曜日、午後十一時四十三分。

街灯が点々と灯るだけの暗い道を、遠山菫が歩いてきた。週に何度かこの路地を歩く習慣は、自分がラバーズXにいたころから変わっていない。小太りの身体をゆすって歩く姿は、どこか滑稽《こっけい》だった。まるで「この道幅を歩けるかぎり、自分は肥満じゃない」と誰かに主張しているかのようだ。

それも、今夜で終わる。

電信柱の陰から、椎名は飛び出した。

包丁を、両手で握りしめ。

「あんた――」

一音節すら耳にするのも不快な声なので、皆まで言わせなかった。

遠山の左胸を、迷うことなく一突きする。

体重をかけたので、包丁は狙った以上に深々と突き刺さった。うめき声を上げて仰向けに倒れた遠山は、苦悶で顔を歪め手足を震わせたが、すぐに動かなくなった。

それを見届けてから、川崎駅に戻った。終電間際で客は少なかったが、男物のコートを着て帽子を目深に被っていたので、防犯カメラに映っていても問題はない。

あれから丸二日。包丁を遠山の身体に挿し込んだときの感触は、いまも両手にありありと残っている。

ラバーズXから情報を得た警察が自分にたどり着く可能性は大いにあるが、問題ない。娘《きさら》を使ったアリバイトリックは完璧だから。

事件があった時間に別の場所にいたことが証明されれば、無実のなによりの決め手になる。当然、警察は身内の、ましてや小学生の証言など鵜呑《うの》みにはせず、徹底的に娘《きさら》に話を訊くだろう。矛盾点を炙《あぶ》り出そうとするだろう。

だが、娘《きさら》が証言をひっくり返すことは決してない。

完全犯罪の余韻で、自然、笑みが浮かんでくる。

遠山を殺したことに、後悔や罪悪感はまったくない。しかし最近、あいつにつながる不愉快極まりない記憶を思い出しそうになって、頭痛と吐き気がする。

あんな女とかかわった時間は、完全に消し去りたいのに。

二章

きさら

「すごいじゃん、きさら！」

十二月一日木曜日の朝は、お母さんのその一言で始まった。あたしは寝ぼけたまま、枕元に置いた携帯を手に取る。六時半だった。

小五にもなって情けないけれど、お母さんがいない夜は心細くて、なかなか寝つけないことがある。「水責めの刑」にされたことが情けなくて、昨日もそうだった。だから、ものすごく眠い。いつもは朝七時すぎまで寝ているので、なおさらだ。

「すごい。本当にすごいよ、きさら！」

「なにが？」

なんとか答えてぺったんこの布団から這い出て、お母さんのはしゃぎ声がする洗面所にたどり着く。

「これだよ、これ。排水管。きさらは天才？」

お母さんが指差す洗面台を見ても、まだ頭がぼんやりしていて、なにをほめられているのかわからない。

「排水管の詰まりが完璧に直ってる。さっき帰ってきて、水がすんなり流れてびっくりした」

眠気が吹っ飛んだ。重曹とクエン酸とお湯で直したことを説明すると、お母さんは両手を合わせて「わあ！」と歓声を上げた。

「そんな方法を見つけるなんて。なんでも自分で考えさせる私の教育方針が正しかったわけだ！」

喜んでいるお母さんを見ると、あたしもうれしくなる。お父さんとの約束を守れていると感じる。だから「うん、正しいよ」と、自然と笑顔になった。

お母さんは自分で起こしておきながら「もう少し寝たら？」と言ってきたけれど、すっかり目が覚めてしまった。今日は燃えないごみの日なので、袋を開けてごみの分別を始める。

あたしが「ごみは種類ごとに分けて捨てなくてはいけない」という衝撃の事実を知ったのは、三年生のときだった。社会の授業で、先生が何気《なにげ》なく「ちゃんとごみの分別はしてますよね」と言ったのだ。捨てるものは全部一つのごみ箱に放り込んでいたので、本当に驚いた。帰ってそのことを話すと、お母さんは顔をしかめた。

「そんなの、お役所に任せておけばいいんだよ。そのために税金を払ってやってるんだから。どうしてもというなら、きさらが自分で分けて。私はそんな余裕ないから、これまでどおりにする」

というわけで、ごみを出す日の朝は、あたしが分別することになっている。

なんとなく、テレビをつけてから分別を始めた。朝早くからスーツをきっちり着たアナウンサーが、ニュースを読み上げている。政治家がなにかしたとか、外国の偉い人がどこかに行ったとか、興味がない話ばかりで聞き流していたけれど。

〈次のニュースです。千葉県千葉市で、中学生の少年が両親を殺害する事件が起こりました〉

それを聞いた途端、顔がテレビに向いた。何ヵ月もひきこもっていた男の子が、無理やり学校に行かせようとしたお父さんとお母さんを刺してしまったらしい。親にそんなことをするなんて。だいたい親がいなくなったら、生きていけないじゃないか。

「人を殺すなんて最低だね」

「親を殺す」と口にすることに抵抗があって、ちょっとだけ言い換えてあたしは言った。お母さんは答えず、卓袱台に肘をついてパンをかじっている。おかしいな。いつもなら「だよね。しかも相手は自分の親でしょ。最低」とか言ってきそうなのに。

店長さんとのデートではしゃぎすぎて、疲れているみたいだ。

今朝は虫歯が痛んでないけれど、油断は禁物だ。左の歯でパンを噛み、舌で右の奥歯をガードしながら牛乳を飲んで、いつもより早く家を出た。目をごしごしこすりながら学校に向かう。あたしはチビだけれど歩くのは速いので、脚が長い男子二人を追い越す。

「修学旅行で行ったところだって。あそこでドラマの撮影したみたいなんだよ」

「マジで？　観たかったわー」

　修学旅行か。六年生になったら行くらしいけれど、あたしには関係ない。お母さんに「旅費が払えないからあきらめて」と言われているからだ。泊まりがけでクラスメートと出かけたって、話すことなんてないから構わない。

　帰ってきたら、みんな、いまの男子たちみたいに思い出話で盛り上がって、ますます話すことがなくなりそうだけれど。

　学校に着いた。昇降口で上履きに足を押し込んでいると、美雲と河合がやって来た。今日も美雲は「パーティーに出るの？」とでも訊きたくなるようなひらひらしたスカートを、河合は「ミュージシャンみたいだろう」とでも言いたそうな派手な模様が入った黒いジーンズを穿いていた。美雲が、にっこり笑う。

「おはよう、椎名さん」

「……おはよう」

　先週の金曜日から一言もしゃべってないのに。どういう風の吹き回しだ？

「こわい顔しないでよ。謝ろうと思ってるんだから」

「謝る？」

「この前、思いっ切り痣をつかんじゃったでしょう。知らなかったとはいえ、ごめんなさい」

美雲が誰かに謝っているところなんて見たことがない。びっくりしてなんと言っていいかわからないでいると、美雲は「これで仲直り」と一方的に決めつけ微笑んだ。

「じゃあ、もう友だちだ。椎名さんは携帯を持ってるよね。河合にワン切りして、メールも送ってよ。私は、それを転送してもらうから」

それだとあたしは美雲の番号とメアドがわからないし、河合も面倒なんじゃ？　でも河合は、なんの疑問も持ってなさそうな顔をして、自分の携帯を取り出した。

まあ、いいか。この人たちに連絡することなんてないだろうし。

河合にワン切りして、メールを送る。河合がそれを登録していると、美雲があたしに顔を近づけてきた。

「ところで椎名さんって、朝は歯を磨いてる？」

「――当たり前じゃん」

目を逸らしそうになるのをこらえながら答えた。

一年生のときに「ご飯を食べたら歯を磨くこと」と習った気がするけれど、みんながそうしているなんて知らなかった。お母さんはなにも言わなかったし、歯科検診の結果も気にしていないみたいだったからだ。

磨かないとまずい、と気づかされたのは小二のとき。隣の席の男子が「椎名の口がくさい」と騒いだことがきっかけだった。その日は恥ずかしくて、ほとんど一日口を閉ざしていた。

帰ってからお母さんに相談すると、あきれられた。

「朝、歯を磨けばいいじゃん。というか、磨いてなかったの？　もっと自分の頭で考えなさい」

それからあたしは、学校に行く前に歯を磨くようになった。もちろん、夜はやらない。磨く人もいるらしいけれど、歯磨き粉がもったいない。朝、まとめて磨けば一回でにおいを消せる。お母さんはなにも言わないし、学校でも「口がくさい」と言われなくなったから、これで問題ないはずだ。生まれつき歯が丈夫みたいで、最近まで虫歯にならなかったし。

「だよねえ。口がくさくないもんねえ。じゃあさ」

美雲が、さらに顔を近づけてくる。

「朝起きたら、顔を洗ってる？」

「顔って、風呂以外でも洗うものなの？」

「わあ、やっぱりだ！　ねえ」

美雲が顔を向けると、河合は何度も頷いた。

「予想どおりだったね。さすが美雲！」

「当然の推理。椎名さんって、いつも目をごしごししてるでしょ。目やにを取ってるんだよ」

目の前にいるあたしが消えてしまったかのように、二人ははしゃぎ出す。

「なんの話？」

「なんでもないよ——行こう、河合」

美雲は河合を引き連れ、教室に続く階段をのぼっていった。大きな声で「気持ち悪くないのかな」「目やに女じゃん」などと言い合いながら。

「いまのは決定的だった」

声に振り返ると、翔太が立っていた。「決定的」なんて、大人みたいな言い方だ。

「君は気づいてなかったみたいだけど、昨日から様子見されてたんだ。でも、いまのであいつらは吹っ切れた。容赦なく、君に攻撃してくる」

「攻撃？」

意味がわからないあたしに、翔太は肩をすくめて歩いていった。

真壁

午前十時。真壁と宝生は登戸駅で降りた。川崎駅からJR南武線に乗って快速で二十分、各駅でも三十分で着く駅だ。

目的は、似顔絵の女——椎名綺羅に話を聞くことである。

昨夜、似顔絵が提示されると、宝生が「見覚えがある」と申告した。

登戸駅南交番時代、何度か見かけて「きれいな女《ひと》だ」と思った——宝生が口ごもりながら説明すると、冷やかしながらも、皆、納得した。真壁も、宝生が見せた表情の意味を、苦笑しつつ合点した。宝生なら、登戸に土地勘もある。真壁とのコンビで椎名の聞き込みを担当することに異存は出なかった。

穴井によると、椎名は彼女よりも前からラバーズXに勤務していた、人気の風俗嬢だったそうだ。十七歳で娘のきさらを産み、穴井と同じマンションで暮らしながら子育てをしていた。相手の男には家庭があったが、妻と別れて椎名と一緒になる約束をしていたという。

しかし離婚が成立しないまま、男は椎名が二十歳、娘が三歳のときに病死した。その二年後、二十二歳のとき、椎名はラバーズXを退職。穴井は退職の理由を知らないが、面倒見がいい遠山は、椎名のため登戸に賃貸アパートを斡旋《あっせん》した。遠山が登戸を選んだのは「店の近くだと客に会って面倒だろうし、治安がよくて子育てしやすい」という理由だったようだ。

椎名が遠山に斡旋されたアパートに行ってみたが、住人は別人だった。ここには五年前から住んでいるという。隣近所に聞き込みしたが、住人の入れ替わりが激しいらしく、椎名のことを知る者はいなかった。

やむなく、この地域を管轄する多摩区役所に行き、住民票の閲覧を申し出た。住民票は、個人情報保護の観点から本人や親族以外は原則閲覧できないが、警察が捜査上必要な場合はこのかぎりではない。

住民票により、現在の椎名が登戸駅の南口方面に住んでいることがわかった。区役所から徒歩で行ける距離だ。

「交番で見かけた美人と、遂にご対面か。まあ、記憶が美化されているんでしょうけどね」

区役所を出ると、宝生は言った。本人は気づいていないようだが、この台詞《せりふ》を口にするのは昨日から三度目だ。緊張の裏返しか。椎名というのは、相当な美人らしい。

椎名の家は、昭和期に建てられたに違いない、古い木造アパートだった。住民票によると、住んでいるのは一階の角部屋である。宝生と目で合図を交わし、真壁がドアチャイムを押す。

「はーい」

「お忙しいところすみません。お話をうかがわせていただけないでしょうか」

壇を訪問したときと同様、警察であることは名乗らず、ドアスコープに向かってジャケットの胸元を少しだけ捲って警察手帳を見せた。直後ドアが開き、女が顔を覗かせる。

その瞬間、真壁は息を呑んだ。

　椎名は、似顔絵から想定していた以上に美しかった。二十八歳にしては若々しく、まだ十代にすら見える。幼いからではない、肌艶も血色もよく健康的だからだ。背丈は、長身の真壁よりは低いが、女性にしては高い。宝生と同じくらい、一七〇センチ前後か。顔は小さく、ジーンズを穿いた脚はモデルのように細くて長かった。

　美人だろうと思っていたが、これほどとは……。

　椎名は「なんでしょうか」と警戒するように言いながらも、真壁たちを室内に招き入れた。狭い玄関に、宝生と並んで立つ。

　真壁がドアを閉めるのとほぼ同時に、宝生がいきなり名刺を差し出した。無論、本来は階級が上である真壁が先に出すのがマナーである。咎めかけたが、宝生は頬を紅潮させている。椎名が警戒心を滲ませながらも宝生の名刺を受け取り、まじまじと見つめる間、宝生の頬はさらに赤くなっていった。心臓の音まで聞こえてくるようだ。

　後輩の姿を見ていられなくて、真壁は冷静さを取り戻した。そのおかげで気づく。

　椎名が、壇と違ってすぐにドアを開いたことに。

「本物の刑事さんみたいですね。どうぞ、お上がりください」

　真壁の名刺も受け取ってから、椎名は言った。「お邪魔します」と応じて靴を脱ぎながら、真壁は宝生に目で問う。

　――お前が見た女で間違いないか？

　視線の問いかけに、宝生は頬を赤らめたまま頷いた。

椎名家の間取りは1K。娘のきさらは、無事に育っているなら十一歳のはずだ。そろそろ思春期を迎える娘と二人暮らしにしては、狭い上に古い。生活は楽ではなさそうだ。椎名は、卓袱台を挟んで真壁たちと向かい合った。お茶一つ出そうとはしないが、話をする気はあるらしい。

「よろしくお願いします」

真壁と宝生がそろってノートを取り出すと、椎名は「わあ!」と歓声に似た声を上げた。

「刑事さんって、手帳じゃなくてノートにメモするんですね」

「手帳では、小さすぎて役に立ちませんからね」

真壁が頷く。

「じゃあ、警察手帳にメモとかしないの?」

「しません。そもそも『手帳』とは言ってもご覧のとおりバッジ型で、メモ欄がないんです」

——余裕がありすぎるな。

「そうなんですねー」と無邪気に相槌《あいづち》を打つ椎名を見ながら、真壁は思った。恩人を失ったばかりであるラバーズXの穴井たちは、当然、ノートに言及する余裕はなかった。

それは極端な例にしても、警察の訪問を受けた者は心当たりがなくても身構えるものだ。椎名がそうでないのは、疚しいことがまったくないからか? それとも、警察の来訪を予期していたからか？　後者なら、すぐにドアを開けたことも合点がいくが……。

　思考を鎮めるべく、目だけを動かし室内を見渡す。古いという印象に変わりはないが、意外なほど整理整頓が行き届いていた。目につく範囲に、埃はほとんどない。生活が苦しい家庭は、掃除にまで手が回らないことも珍しくないのに。

「娘がやってくれるんです。私がなにも言わなくても、全部自分で調べて、考えてやってくれている。本当にいい子で、助かってます」

　椎名は自慢げに顎を上げてから、一転、おそるおそるといった様子で真壁に問う。

「それで、なんの用ですか。まさか、家の中を見にきたわけじゃないでしょ」

　迷っていても仕方ない。仕掛けてみるか。

「もちろんです。遠山菫さんのことは覚えていますか」

「覚えてますけど、オーナーがなにか？」

「殺されたじゃないですか」

　不意打ちで切り込む。

「え？」

　椎名の両目が広がる。心底驚いているようにも、大袈裟に演技しているようにも見えた。しばらくしてから、椎名の唇が震え出す。

「嘘でしょう？　え？　なんで？　どうして？」

「ニュースになってますが、知らなかったのですか」

「忙しくて、ニュースは時々しか観ませんから」

「そうですか」

質問する側にとっては、これ以上は問い詰めようがない無難な答えだった。少々落胆したが、気を取り直して口を開く。

「警察では、遠山さんに恨みを持つ者を調べています。でも、いまのところ手がかりがなくて、彼女と関係のある人たちに話をうかがっているところです」

「私が疑われてるんですか」

「そんなことはありません。ただ、みなさんから話を聞くのが我々の仕事ですから。六年前、あなたは遠山さんがオーナーを務めるラバーズXを退職してますよね。差し支えなければ、やめた理由を教えていただけないでしょうか」

椎名は一つ息をつくと、セーターの左袖をさすりながら話し始める。

「ラバーズXをやめたのは、子どもが大きくなってきたからです。店の人たちが面倒を見てくれてたんだけど、段々と私の仕事に興味を持つようになってきたの。ごまかし続けるのは限界でした。二年も風俗嬢をしていたら、身も心も辛くなってきたし」

「すると、ラバーズXで働き始めたのは二十歳から？」

「そうです。高校のときに遊ぶ金ほしさで家出して、あっちこっち転々としているうちに、十七歳で妊娠しちゃったの。途方に暮れていたら、オーナーが拾ってくれたんです。誓って言うけど、私が十代の間、オーナーは風俗嬢をさせなかった。裏方の仕事をちょっと手伝わせてくれたくらい。二十歳《はたち》になってから、恩返ししたくて風俗嬢をしたいと言ったのは私。そのころには両親も病気で死んじゃって、行くあてもなかったし。オーナーには、感謝の気持ちしかないですよ。やめたいと言ったときも、快く送り出してくれて、住む家まで世話してくれたし」

「ですが、あなたはその家を出ていきましたよね」

「ご近所さんと反りが合わなくて。私が元風俗嬢だと、なんとなくばれてたみたい。そのときの引っ越し代も、オーナーが出してくれました。それからは、ずっとこの家で暮らしています」

話を聞くかぎり、椎名に遠山を殺す動機はなさそうだ。しかし、

「十一月二十五日――先週の金曜日ですね。あなたをラバーズXの傍で見かけたという人がいます。なにをしに行ったのですか」

「なんとなく川崎まで買い物に行ったから、なつかしくなっただけ。深い意味はありません」

買い物した店について訊ねると、「ここからさがして」と、財布に入れていた大量のレシートを差し出された。すぐさま確認すると、十一月二十五日のレシートが何枚かあった。買い物したことは嘘ではなさそうだ。

「それ以前にラバーズXに行ったことは？」

「何年か前に行ったかもしれないけど、覚えてないなあ。そうそう頻繁に、なつかしが

ってもいられませんからね」

「十一月二十八日の深夜は、どちらにいらっしゃいましたか」

「それがオーナーが殺された時間なんですか」

「お答えできません」

「刑事さんはまじめだなあ。そういう人好きですよ、私」

椎名が微笑む。妖《あや》しく、真壁の心をからめ捕ろうとするかのような微笑みだった。聞き込み相手でなければ、どきりとさせられたに違いない。人気の風俗嬢であったことを思い知らされる。

宝生を横目で見ると、再び頬を赤く染めていた。椎名はそれを見逃さず、妖しい眼差しを宝生に向ける。宝生が俯《うつむ》く。見兼ねた真壁が口を開く前に、椎名は微笑みを湛《たた》えたまま語り出す。

「私はファミレスで働いてるんですけど、その日は休みで、夕方、買い物に出た以外は家にいました。夜は、テレビをつけたまま卓袱台でうとうとしてましたね」

宝生に語りかけているような口振りだった。真壁は、話の主体を自分に引き戻すべく強い口調で問う。

「そのとき観ていた番組は？」

「寝ぼけてたからはっきり思い出せないけど、ニュース番組のスポーツコーナーで、野球選手が出ていた気がします。たぶん、十二時ちょっと前かな。寝ていた娘も、いつの間にか目を覚ましていました」

椎名は野球のことはよく知らないが、選手の今年の活躍を振り返るという趣旨の特集だったという。この時期の定番企画だ。わかるかぎりの内容を話してもらい、メモを取る。

「――わかりました。ところで、娘さんはいつもそんな時間に目を覚ますんですか？」

「いいえ。娘は、その少し前から体調を崩していて。二十八日も風邪で学校を休んで昼間寝ていたから、たまたま目を覚ましたんでしょう。信用できないなら、本人にも確認してください」

後ろめたいことがあるなら、ここまで自信にあふれた態度に出るとは考えにくい。

この家から登戸駅でJR南武線に乗って川崎駅まで行き、さらに犯行現場まで移動するには、どんなに少なく見積もっても五十分はかかる。遠山の死亡推定時刻は、二十八日午後十一時半から二十九日午前〇時半の間。二十九日午前〇時前後、自宅にいた椎名に犯行は不可能だ。すなおに考えれば白《シロ》である。

が、すぐにドアを開けたことと、余裕のありすぎる態度が引っかかる。

「念のため、娘さんにも話を聞かせてもらいますね。娘さんがどこの学校に通っているか教えてもらえますか。それから、我々がいいと言うまでは娘さんに連絡しないでください。口裏合わせを疑いたくありませんから」

「構いませんよ」

椎名はあっさり承諾した後、「でも」と続ける。

「娘には、私が風俗嬢だったことは言わないでもらえますか。傷つけたくないんです」

伏し目がちに、囁《ささや》くように言うその姿は、ガラス細工のように美しく、儚《はかな》げだった。

先ほどの妖しい微笑みは片鱗すらない。まるで別人と化した姿に、真壁は白々としてしまう。

――そうやって『別の一面』を見せて、男を手玉に取ってきたんだろう。

「もちろん秘密にします！」

真壁とは対照的に、宝生は頬どころか首筋まで赤くして勢いよく答えた。椎名は我に返ったように目を上げると、いま浮かべた表情をごまかすような、いたずらっ子を思わせる口調で言う。

「信じてますからね、刑事さん」

「は……はい！」

見ていられない。あきれつつその後もいくつか質問をしたが、真相解明につながりそうな情報は得られなかった。

椎名の部屋を出た真壁は、早足でアパートから離れた。容疑者相手にあの態度はなんだ、と宝生を叱責するためである。しかし宝生は、真剣な面持ちで言った。

「あの女は白《シロ》でしょうね」

耳を疑う。

「本気で言っているのか」

「はい。子どもとはいえ、事件当夜のアリバイを証言できる人がいるようですから。嘘をついているなら、あんなに自信満々にはならないでしょう」

　意見があったらどんどん言ってほしい、と告げたのは真壁だ。「一理あるな」とひとまず受け入れ、反論を継ぐ。

「だが、白《シロ》と断定するには曖昧すぎるアリバイだ。椎名の態度に、気になる点もある」

　すぐにドアを開けたことと、余裕のありすぎる態度。二つの根拠をあげると、宝生の双眸が広がった。

「言われてみればそうですね」

「壇相手に名推理を披露したお前なら、気づきそうなものだが。あの女にうまく転がされてるんじゃないか。随分と見惚れていたようだしな」

　椎名に対する態度を暗に咎めると、宝生は心外そうに首を横に振った。

「そんなことはありません。苦労はしているようなので、少し同情はしましたが」

「相手は捜査対象なんだ。同情は結構だが、一線を引け」

「すみません。ただ真壁さんの推理には、動機という観点が抜けています。椎名には、遠山を殺す理由はない」

「現時点では、の話だろう。調べればなにか出てくるかもしれない。とにかくまずは、椎名のアリバイを確認しよう」

まだ午後一時すぎなので、椎名きさらは授業中だ。真壁としては呼び出したいところだったが、授業中に警察が話を聞きにきたと周りに知られては、子どもにいいことはない。事態はそこまで切迫していないので、まずは椎名のアパートの住人に話を聞いて回った。そうすることは、辞去前に椎名に伝えてある。証言によっては、娘に確認するまでもなく二十八日深夜のアリバイを崩すことができる。

しかし、どの住人も椎名の家と深いつき合いはなく、二十八日の深夜、彼女が在宅していたのかどうかはわからなかった。隣人も「挨拶くらいしかしたことがない」と言うが、椎名が夜に出かけることが多々あるので、子どもがどうしているのか心配はしていたという。

「でも、娘さんをかわいがってはいるみたいですよ。よく一緒にお風呂に入っているようで、シャワーの音と、母娘《おやこ》でなにか話している声は聞こえますし。夜中に聞こえてくることもあるから、それはそれで心配ですけどね」

近所の聞き込みでは目ぼしい情報は得られなかったし、きさらの学校が終わるまで時間もあるので、椎名が勤務するファミレス、ノビージョにも話を聞きにいくことにした。

神奈川県を中心に展開しているローカルチェーンだが、味と値段のバランスが絶妙で、県外にもファンが多い。

　ノビージョ登戸店は、登戸駅北口から徒歩二分、多摩沿線道路の脇にあった。椎名家から見ると、駅を挟んだ反対側だ。以前は駅の南口側にあったが、区画整理で立ち退くことになり、五年前に現在の場所に移転したらしい。

　イメージカラーである青がふんだんに使われた看板の脇を通り、店に入る。

「いらっしゃいませ。お二人さまですか」

　宝生が真壁の傍らに立ち、周囲の客から死角をつくる。それから真壁は、ウエートレスにはっきり見えるように警察手帳を取り出した。こういう場所では、個人宅を訪問するときほどは気を遣わない。

「少しお話を聞かせていただきたい」

　できるだけやわらかく言ったつもりだったが、真壁の双眸が鋭すぎるからだろう、ただでさえ小柄なウエートレスの体軀《たいく》は一際小さくなったように見えた。年齢は椎名より少し上のようだが、同世代に区分してよい範囲だ。ネームプレートには「西原《にしはら》」とある。

「ええと、その……なんのご用でしょう」

「すぐに済みます。椎名綺羅さんについて、お話をうかがいたいだけです」

「椎名さん……？　わかりました。少々お待ちください」

　一旦店の奥へ引っ込んだ西原は、「こちらへどうぞ」と、真壁たちを厨房脇の部屋へと案内した。従業員の休憩室らしく、椅子とテーブルのセットが二つと、自動販売機がある。西原が出ていく。真壁たちが椅子に座ると、すぐに青い制服を着た男が入ってきた。年齢は三十代半ば。眉が太く、一昔前の任侠《にんきょう》映画にでも出てきそうな顔つきだ。

「店長の達川《たつかわ》ですが……」

見た目に反して、達川の話し方からは気弱な印象を受けた。警察の訪問に、不安を隠せないでいる。

「そんなに畏まらないでください。実は椎名さんの関係者が、ちょっと事件に巻き込まれましてね。彼女が容疑者というわけではないのですが、念のため、お話をうかがいたい」

達川はまだ不安を拭えない様子だったが、真壁と宝生の向かいに腰を下ろした。

達川によると、椎名は五年前に店がリニューアルオープンした直後からのスタッフだという。勤務態度はいたってまじめで、人手不足のときは率先してシフトに入っている。シングルマザーで収入が必要だからだろう、深夜手当がつく夜勤シフトが中心だ。

担当は厨房。それを聞いた途端、真壁は言った。

「偏見かもしれませんが、あんなに若くてきれいな女性なら、ウエートレスが適任では？」

緊張がほぐれつつあった達川が、目を伏せる。

「本人が、厨房がいいと……」

「店の事情より、本人の希望を優先したわけですか。随分と従業員思いですね」

それならそれで責められることではないが、達川の態度になにかあると察し、真壁は攻める。達川が救いを求めるように「ベビーフェイス」の宝生に視線を投げる。宝生は心得たもので、熱心にノートを取り、気づかないふりをしている。それであきらめがついたのか、達川は俯き加減に絞り出す。

「椎名さんには、リストカットの痕《あと》があるんですよ。左手首に、いくつも」

「――メンヘラだと男が買いたがらないから、風俗で働けなくなったんです。お金がいるんです、ここで雇ってください。ウエートレスは無理だけど、厨房なら客の目につかないからいいでしょう。お願いします！

椎名は達川に、そう懇願してきたのだという。

「メンヘラ」とはメンタルヘルスを語源とする、精神を病んだ人を意味する俗語である。リストカットを繰り返すような「メンヘラ風俗嬢」は、買う方からすればリスクが大きいとされる。精神的に依存されたり、感情を突然爆発させられたりして厄介、と認識されているからだ。

ラバーズXの話を始めたとき、椎名がセーターの左袖をさすっていたことを思い出す。

「――『身も心も辛くなってきた』というのは、そういうことか」

宝生が呟いた。気がつけば、ノートを取る手がとまっている。

達川は、上目遣いに真壁を見遣る。

「いまの話を私がしたことは、椎名さんには言わないでくださいね。椎名さんだけじゃ

ったのですか？」

「もちろんです。ただ、リストカットを繰り返す元風俗嬢を採用することに不安はなかったのですか？」

宝生の態度は気になったが、攻める手を休めず達川に問う。

「そりゃ、なかったと言えば嘘ですが、かわいそうだと思ったし、きれいな人だから」

最後の一言を口にした途端、達川は慌てて唇を真一文字に結んだ。

「きれいかどうかは、あまり関係ないと思いますが。もしかして惚れましたか」

「……まあ、一緒に出かけることはありますけど」

不躾な質問にさすがに嫌な顔をするかと思ったが、達川は小声で答えた。見た目に反し純情だ。

「お二人は、そういう関係なのですか」

真壁が再び不躾な質問をすると、達川は力なく首を横に振った。

「正直、よくわかりません」

「わからない、とは？」

「二人きりで出かけることは、確かにあります。でも、それだけです。私は好きだけど、彼女はどう思っているのか。『好き』とか、『一緒にいると楽しい』とか言ってはくれますが、本音とは思えないんです。傍目《はため》にはどう見えるか知りませんが、私が店長だから出かけているだけな気がして……」

達川は自信がないようだが、本心かはわからない。刑事の目から見れば「恋仲の達川と椎名が共謀して遠山を殺した」は喰いつきたくなる線だ。しかし達川は、十一月二十八日午後十時から二十九日午前七時にかけて店にいたことが複数のスタッフによって証言された。

聞き込みを終えてノビージョを出るなり、宝生はほっとした様子で言う。

「椎名の動機は見当たらないままですね」

やっぱり甘いんじゃないか、と言いたいところだが、遠山が、リストカットするほど追い込まれていた椎名に退職後の住居を世話し、新たな居場所を用意したことは事実だ。殺す理由はなさそうに見える。それでも、

「そろそろ娘のところに行こう。動機がなくてもアリバイが崩れれば、話は変わってくる。質問は任せる」

任せる理由を訊かれたら「子どもにとって俺の顔はこわいだろうから」と答えるつもりだったが、宝生は「子どものためにはそうするべきでしょう」と力強く頷いた。

きさら

帰りの会が終わると、あたしは大きく伸びをした。今日は体育も図工もなく、一日中座っている授業ばかりで退屈だった。

自分がなにを勉強しているのか、相変わらずさっぱりわからない。

小学校に入ったばかりのころは、勉強が嫌いではなかった。でも小四の途中くらいから、段々と授業についていけなくなった。いまやなにがわからないのかもわからなくなりつつあるし、宿題をやる気にもなれない。でも勉強を教えてくれる人なんていないし、お母さんも気にしてないようだから、焦ることはないのかもしれない。

中学校までは義務教育らしいから、そのうちわかるようになるのだろう。あたしたちが学校に行くことを「義務」にしながら、勉強がわからないままにしておくはずない。

それより掃除だ、掃除。昨日は一人で手が回らなかった分、班全員できっちりやらないと。

でも、あたしがバケツに水を汲んで戻ってくると、班の子は一人もいなくなっていた。美雲が「ばいばーい、椎名さん」と、やけに楽しそうに手を振って教室から出ていく。

びっくりしすぎて、それになんの反応もできない。

小三のとき、同じ班の女子が掃除をさぼったことがあった。次の日、あたしはその子を叱り、もちろん床に正座するように言った。

あたしは「掃除させてほしい」とお母さんにお願いしておきながら、さぼったことがある。そのとき一時間以上、正座で反省させられた。お母さんによると、これが掃除をさぼったときの「常識」なのだという。それに従っただけだ。

その子が泣いて嫌がったし、先生も周りも「やりすぎ」ととめるので許してはあげた。

「こういうときは正座しないとだめなんだ」と教えたかったけれど、「水責めの刑」を近所の子に話したときのお母さんの反応を思い出すと言いづらかったのだ。

それから「椎名きさらと同じ班になったら真剣に掃除をしなくてはならない」という噂が広まったらしい。あたしの班が掃除に手を抜くことは一度もなかった。

昨日は仕方ないとして、さすがに今日はおかしくない？　班以外の子たちも、あたしと目を合わせようとせず足早に教室から出ていく。

残ったのは、教室の後ろの方に座る翔太だけだった。

二人きりになると、翔太はあたしの傍まで歩いてきた。

「君は、いじめのターゲットにされている」

「はあ？」

意味がわからなくて、妙な声を上げてしまった。もちろん、いじめというものがあることは知っている。周りで、それらしいことをしている連中を見たこともある。でも、ほとんどがすぐに終わったし（いじめられていた子は、ずっと忘れないかもだけれど）、あたし自身がいじめられた経験もなかった。なにしろ、

「あたしはいじめられるほど、みんなに関心を持たれてないよ」

「君の方はそのつもりでも、女子たちに不満が溜まってたんだよ。君は、あまりに教師にべたべたしすぎている。高学年になったら、普通はしないのに。『男好き』と思われても仕方ない」

この前、美雲もそんなことを言ってたっけ。

「それだけじゃない。先週、滋野に告白されたんだろう。あれで滋野のことを好きな女子たちを敵に回してしまったんだ」

「あたしは振られたんだよ」

「彼女たちからすれば、君が告白されたという事実が重要なんだ。その後どうなったかは、たいした問題じゃない。しかも滋野は、君のことを『お母さんのことしか考えてないマザコン女』と言い触らしている。自分が君に告白したのは『顔に騙された』ことにしたいんだろうね。その身勝手さと、美雲たちが君に抱いていた不満が合体して、いじめにつながったんだ」

「顔に騙された」というのは、要は「かわいいから騙された」ということか。あたしはお母さんに似ているから当然かも——なんて思ってしまう時点で「マザコン女」なんだろうか。

そのとき、ランドセルの中から携帯が揺れる音がした。取り出すと、知らないアドレスからメールが来ていた。件名は空欄だ。なんだろう、と思いながらメールを開いたあたしは、携帯を落としそうになった。

メールに本文はなく、画像だけが添付されていた。

服も下着も一切身に着けていない、裸になった女の人の写真だ。

その顔のところが、あたしになっていた。

最近膨らんできたとはいえ、あたしの胸はこんなに大きくないし、腰がくびれてもいない。それ以前に、この女《ひと》はあたしよりずっと年上だ。なに、これ？　気持ち悪い！

「顔を貼りつけただけの、できの悪いコラージュだね。クオリティーよりも、椎名に嫌がらせすることを優先したんだろう。それで、このフレーズだ」

携帯を覗き込む翔太に言われて、写真に文字が書かれていることに気づいた。

「椎名きさらはエロ女！」とある。

「エロ女というのは『いやらしい女』ってことだよね。こんなことをあたしに言いそうなのは美雲だけだし、あいつにメアドを教えるまでこんなメールは来たことないから、犯人が誰か考えるまでもないね。どうせ河合にやらせてるんだろうけど」

「随分と冷静だな」

「自分がいやらしい女なんて思わないもん」

でも気持ち悪いのは間違いないので、さっさとメールを削除した。

「いじめの証拠として残しておけばよかったのに。まあ、消したい気持ちはわかるよ」

翔太は肩をすくめてから、きっぱりした口調で言った。

「君が自覚なく先生にべたべたするのは、親にネグレクトされているせいだと思う」

「ネグレクト？」

「育児放棄を意味する、虐待の一種だよ。親からそういうことをされている子は、人恋しくて大人に甘えたがるんだ。もちろん、ただ人懐っこいだけの子もいる。でも君の場合はクラスメートと仲よくないから、その可能性は低い。今朝、昇降口で美雲たちと話しているのを聞いて間違いないと確信した」

「どうして？」

美雲たちと話したのは、朝、歯を磨くかどうかと、顔を洗うかどうかだけじゃないか。

「それがわかってない時点で、ネグレクトされているということだよ」

訳がわからない。でも確かにお母さんは、夜勤や店長さんとのデートで、夜は家にいないことが多い。もう小五だし、お母さんは一生懸命働いているんだから仕方ないけれど、そんな夜、あたしはとてもさみしい。ご飯抜きにされることもある。これって育児放棄――違う、ご飯抜きは、あたしが悪いことをしたときの罰だ。あたしを躾けるために「水責めの刑」もやってくれている。ネグレクトなんてされてない。

そう思ったのを見透かしたように、翔太は言葉を継いでくる。

「『自分のために叱ってくれているからネグレクトじゃない』と思ってないか。でも親は、本当に君のために叱っているのか？　自分が悪いと思い込まされているだけじゃないのか？」

思い込まされているなんてことない。「水責めの刑」をされている間、悪かったことがいくらでも出てくるんだから、本当にあたしが悪いんだ。

そう思ったことも見透かしたように、翔太は続ける。

「椎名は、ネグレクトと暴力が一緒になった虐待を受けているんだと思う。ほかの家のことを知らないから、躾と区別がつかないだけだ。親がいなくなれば――」

「わかったようなことを言うな！」

我慢できなくなって、あたしは声を荒らげた。

「お母さんは、あたしを大事にしてくれている。あたしは、そんなお母さんを支えないといけない。お父さんと約束したんだ」

これ以上顔を合わせていると飛びかかってしまいそうで、ランドセルを背負い教室を飛び出す。

学校の掃除を初めてさぼったことに気づいたのは、昇降口に続く階段を駆け下りてからだった。


「こんにちは、遊馬先生」

そのまま家に帰ればよかったのに、あたしは保健室に来ていた。昨日、家《うち》に来たばかりなのに、「毎日保健室に行く必要はない」と言ったくせに、なぜか無性に遊馬先生の顔を見たくなったのだ。遊馬先生は、椅子を回転させてあたしの方を向く。

「昨日の今日で来てくれてうれしいよ、椎名さん」

来てくれてうれしい――耳慣れない言葉に抱きつきそうになって両腕を広げかけ、でも思いとどまった。

――君が自覚なく先生にべたべたするのは、親にネグレクトされているせいだと思う。

翔太の言葉を思い出したからだ。

「どうした？」

「友だち――じゃないか、あんな奴。とにかくクラスメートに、変なことを言われたんだ」

「どんなこと？」

「あたしは、お母さんにネグレクトとかいうのをされていて、そのせいで大人にべたべたしたがるんだって。決めつけられて、むかつく」

「椎名さんに心当たりはないのか？」

「――あるはずないじゃん」

すぐに否定できなかったせいで、銀縁眼鏡の向こうにある遊馬先生の目が鋭くなった。

「あるはずないよ」

今度は力を込めて言うと、遊馬先生の目つきがとてもかなしそうなものに変わった。

「急には話せないよな。椎名さんと、もっと長い時間をすごせればよかったんだけど」

「なに、その言い方？　先生、学校をやめるの？」

「やめはしない。産休だ」

産休……確か、女の人が赤ちゃんを産むために仕事を休むこと。ということは、え？

「先生、妊娠してるの？」

「やっぱり気づいてなかったのか」

　遊馬先生は、膨らんだお腹を撫でた。ダイエットした方がいいと思っていたのに、この中に赤ちゃんが？

「昨日、椎名さんの家に行ったとき、お母さんが私にタバコを吸わないか訊いてきたでしょ。それで、妊婦に関心がないことがわかった。妊娠中の喫煙はご法度だからね。お母さんがああだったら、椎名さんが気づかないのも無理はない」

「お母さんは忙しいから、そういうことには――」

「そうやってお母さんをかばうのは、親孝行で立派なことだ。でも椎名さんは、いろいろ背負いすぎていると思う。もっと時間があれば、その辺りの話もできたんだけどな」

　最後の一言は、独り言のようだった。

「明日から、この保健室には代わりの先生が来る。椎名さんのことは伝えておくから、なにかあったらその人に相談しなさい。頼りにならなかったら、ここに電話しなさい。いつでもいいから。出られなくても、着信を残してくれればかけ直すから」

　遊馬先生はメモ用紙に電話番号を書くと、あたしに差し出してきた。ぼんやりと、それを受け取る。

「最後に一つだけアドバイスすると、朝起きたら顔を洗った方がいい。昨日も気になってたんだけど、目やにが残ってるよ。かわいい顔が台なしだぞ」

　そんなこと、お母さんは教えてくれなかった。美雲や翔太が言っていたのは、これのことだったのか。謎は解けたのに全然すっきりしないまま、あたしは頷いた。

遊馬先生とは、先週の金曜日までまともに話したことはない。

なのに、どうして両目がこんなに熱くなっているんだろう？

なにか口にしたら涙がこぼれそうで、でもなにか言いたくて必死に口を動かそうとしていると、ノックの音がした。遊馬先生が「どうぞ」と言い終える前にドアが開く。

立っていたのは、若田部先生だった。

先生は、ほっとした顔で息をつく。

「見つけた、椎名さん。校長室に来てください。警察が、話を聞きたいそうです」


校長室には、掃除のとき以外入ったことがない。茶色い革張りのソファと、石でできた高そうなテーブルがあって、立派な部屋だと思った覚えがあるくらいだ。当然、自分がこのソファに座ることなんてないと思っていた。

なのに、あたしはいま座っている。刑事だという二人の男の人——あたしから見たら、どっちも「おじさん」——と向かい合って。

あたしの右隣には校長の五木《いつき》先生、左隣には若田部先生が座っていた。校長先生とは挨拶くらいしかしたことがないし、若田部先生はいつも小芝にばかり構っているけれど、今日にかぎっては心強かった。

いつものあたしなら、大人とも普通にしゃべることができる。でも翔太に変なことを言われたせいで、いまはどう接していいのかわからないからだ。相手が警察官というのもよくない。悪いことなんてしていないのに、いきなり「逮捕する」と手錠をかけられてしまうんじゃないかとどぎまぎしてしまう。

刑事さんは二人ともあたしに自己紹介してくれたけれど、緊張しすぎて、一人の名前は「かっこいい！」と思った瞬間に忘れてしまった。でも、もう一人の方は覚えることができた。

「宝生」なんて宝《たから》と一緒に生《い》きているみたいで、いかにもお金持ちそうだから。

「お母さんは、ファミレスのノビージョで働いてるんだよね」

宝生さんが、小さい子を相手にするような口調で訊ねてきた。「はい」とうまく言えそうになくて、首を縦に振るだけで応じる。すると宝生さんは、にっこり笑った。

「そんなに緊張しないで。おじさんたちは、ちょっとお母さんについて知りたいことがあるだけなんだ。別にお母さんを捕まえようとか、悪いことをしたと証明しようとか、そんなつもりはないんだよ」

絶対に嘘だ。だったら、わざわざ学校にまで来るはずがない。でも宝生さんはにここしていて、あたしの緊張をほぐそうとしてくれてはいる。お母さんが、警察に捕まるようなことをするはずもない。

だからあたしは、堂々としていればいい。

「そうです。お母さんは、ノビージョで働いてます」

開き直って言うと、刑事さんは二人とも、感心したように頷いた。

宝生さんが、質問を続ける。

「お母さんは、夜働いていることもあるんだよね。さみしくない？」

「正直に言えば、さみしい。でも、あたしのために働いてくれてるんだから我慢しないと」

ノビージョで働く前のお母さんに、戻ってほしくもない。

お父さんといつ知り合ったのか。そのころ、なにをしていたのか。面倒くさいのか、お母さんは訊いても教えてくれない。あたしも登戸に引っ越してくる前のことは、よく覚えていない。お母さんがなんの仕事をしていたのか、記憶も曖昧だ。どこかに出かけていた気がするから、働いていたとは思う。

でも、登戸に住み始めてしばらくは無職だった。

――髪形と服装だけで門前払いされた。見た目だけで判断しやがって。あんなところ、こっちからお断りだよ。

よく意味がわからないあたしに、お母さんは毎晩のようにビールを飲みながら愚痴《ぐち》っていた。

――不採用なら履歴書と写真を返せよ。あんたらにとってはごみでも、どっちも無料《タダ》じゃねえんだよ。少ない貯金から捻り出してんだよ。

そんな風に、喧嘩腰に電話をかける姿を見たことだって何度もある。

宝生さんは「偉い子だね」と、うんうん頷いてから言う。

「ところで三日前の十一月二十八日——月曜日の夜だね——、お母さんはどうしてたかな？」

少し考えてから、思い出す。

「家にいた」

「ずっと？」

「はい。あたしとテレビを観ていました」

「それは何時ごろ？」

「あたしが目を覚ましたのが十二時ちょっと前だったから、それくらいの時間です。昼間ずっと寝てたから、目が冴えちゃって」

「椎名さんが昼間寝ていたのは、その日、風邪を引いて学校を休んでいたからです。ちなみに、次の日もお休みでした」

若田部先生が説明すると、宝生さんは頷いた。なんだか、最初から知っていたみたいだ。ここに来る前に、お母さんからも話を聞いてきたのかもしれない。

「すると君は、二十八日の夜は風邪が治っていなくて、頭がぼんやりしていたんじゃないかな。その時間にお母さんが家にいたとは言い切れないかもしれないね」

なにを言いたいのか、すぐにわかった。

「その日、川崎の方で殺人事件があったんだよね。お母さんが犯人だと疑ってるの？」

両隣の先生が慌てたけれど、宝生さんは笑いながら首を横に振る。

「おじさんたちの口から、そんなことは言えないよ。ただ、その事件で亡くなった人とお母さんが関係あるんじゃないかと言ってる人がいてね。念のため話を聞いて回ってるだけなんだ。信じてもらえないかもしれないけどね」

ああ、信じられない。でも、お母さんが犯人じゃないことは間違いないんだ。だって、

「二十八日の夜は、確かにまだ頭がぼんやりしてたけど、絶対にお母さんは家にいました。あたしが目を覚ましたら、テレビを観ながら卓袱台でうとうとしてたもん」

「君が自分で目を覚ましたの？　起こされたんじゃなくて？」

「自分でです」

「どうして起きたの？　物音がしたとか？」

「そんなものなくても、起きるときは起きるでしょ」

宝生さんが「そうだね」と言うのと同時に、もう一人の刑事さんが身を乗り出してきた。

「君は本当のことを言っているのかな？」

鋭い声だった。あたしを見る目も鋭くて、なんだか怒られている気がしてくる。思わず身体を硬くしていると、宝生さんが隣に顔を向けて目配せした。その途端、もう一人の刑事さんは唇を真一文字に結びながらソファに背を預ける。

こんなこわそうな人を目だけで黙らせるなんて。きっと宝生さんの方が偉い——上司というやつに違いない。

宝生さんが、これまで以上ににっこり笑って言う。

「それで？　テレビはなにをやってたかな？」

「スポーツニュースです。たぶん野球選手が、自分のことをいろいろ話していたと思う」

どんな内容だったか訊かれたので、スポーツのことはよく知らないけれど、覚えているかぎりのことを話した。

「それは本当に二十八日の夜だったかな。二十七日か二十九日だったということはないかな」

しつこい質問に自信がなくなりかけたけれど、すぐに思い出した。

「絶対に二十八日です。あたしが目を覚ましてしばらく経ってから、アナウンサーが『日付が変わって十一月二十九日になりました』と言ったから」

「録画だったかもしれないよね」

また自信がなくなりかけたけど、少し考えてから首を横に振る。

「レコーダーの電源は入ってなかったと思う。それに二十九日は掃除できるくらい熱が下がって頭がはっきりしてたから、ほかの日と間違えるはずない。二十八日より前の日には、アナウンサーが『十一月二十九日になりました』と言う映像は録画できないよね。だから二十七日でもない。あの日は二十八日で、間違いありません」

「よくわかったよ。ありがとう」

宝生さんが言うと、もう一人の刑事さんはにっこり笑った。

でも宝生さんと違って、目は全然笑っているように見えなかった。

真壁

椎名の娘、きさらへの聞き込みを終えた真壁と宝生は、登戸南小学校を出た。

最初のうち、きさらは緊張を隠せない様子だった。しかし質問には、はきはき答えた。

聞き込みが終わると、教師の腕に抱きつくようにして部屋から出ていった。

スポーツニュースの内容に関しては、きさらに会う前にテレビ局に電話して確認を取ってある。椎名母娘《おやこ》が話したとおりではあった。そのことを念頭に置いた上で、真壁は宝生に問う。

「娘の話は信用できると思うか?」

「なんとも言えません。ただ、娘は『ぼんやりしていた』と言いながらも自信を持って証言していたし、内容も具体的で、母親の話と齟齬《そご》があるようにも思えませんでした。最低限の証拠能力はあると見ていいのではないでしょうか」

誤解されることもあるが、肉親の証言は証拠能力としては弱いものの、決して「ない」わけではない。無論、椎名が十一歳の娘に証言を強要した可能性は充分ある。宝生とて、無条件には信用していないだろう。しかし、

「椎名には、遠山殺害の動機もなさそうです。上司《うえ》も彼女を調べるよりは、ほかを当たるように言うでしょう。これ以上調べるなら、なにか根拠が必要です」

「そうなんだが、俺は娘がやけに自信満々だったことが引っかかっている」

「それだけ自分の記憶に自信があるということでは？」

「かもしれない。だが、何度も練習した台詞を言っているようにも聞こえた。早い話、母親に言わされてるかもしれない、ということだ」

「それなら椎名は、もっと不安そうにするでしょう。娘がミスをしたり、裏切ったりするかもしれないんですよ。娘の方も、母親と口裏を合わせているなら、少しくらい後ろめたそうにするのでは？」

　真壁には、宝生が椎名に甘いように思えてならない。それを差し引いても、言っていることはもっともだ。このままでは椎名は、捜査線上からはずれることになる。それでいいのか？　もう少し調べるには——娘が椎名の言いなりになっている証拠さえつかめれば——それが無理なら、せめて手がかりだけでも——。

　真壁は、足をとめた。

「少しつき合ってくれ。行きたいところがある」

「どこです？」

「多摩警察署だ」

きさら

学校を出たのは、午後三時半すぎだった。あたしは、家までの道を早足で歩く。空は鉛色の雲に塞がれ、いまにも雪が降り出しそうだ。

いまのあたしの気持ちみたいに、もやもやしている。

今日は一日、いろんなことがあった。美雲の差し金で変なメールが送られてきたり、翔太に「お母さんが悪い」とわかったような決めつけをされたり、(はっきり言われなかったけれど)警察にお母さんが人を殺したと疑われたり。

でも一番頭から離れないのは、そのどれでもなかった。

遊馬先生がいなくなる——信じられないけれど、そのことに一番ショックを受けている。

ランドセルを開けて、先生の電話番号が書かれたメモが入っていることを確認する。さっきから何度も、こうしている。

でも、あたしはなにがあってもこの番号には電話しないだろう。だって、どこかの家の子どもがあたしのお母さんに電話をかけて助けを求めてきたりしたら、きっとものすごく嫌だ。

赤ちゃんはまだ生まれてないし、生まれたって何年もなにもわからないだろうけれど、同じことはしたくない。

ランドセルを背負い直し、また歩き出す。お母さんが家にいない夜と同じくらい、心細かった。あたしがまた痣をつくって、痛くてうずくまっても、声をかけてくれる先生はもういない。ダ・ヴィンチ先生はみんなと仲がいいからあたしにだけ構っていられないだろうし、若田部先生は小芝のことで手一杯だ。

小芝、か。

あたしはあいつほど貧乏じゃないし、ほかの人の給食まで食べようとは思わない。成績も、あそこまで悪くはない。でも。

——この前は万引きもしたんですよ。

万引き……それだけで、若田部先生もあたしの方を見てくれるなら……。

目についたコンビニに、吸い込まれるように足を踏み入れた。店員は、「店長」と書かれた名札をつけたおじさんがレジにいるだけだ。お客さんも、女の人一人しかいない。

パンの棚の前に立った。今日は痛んでなかった虫歯が急に疼《うず》き出し、急いで噛みしめる。

まったくほしくはないけれど、パーカーの中に入れやすそうなので、小さなアンパンに手を伸ばした。おじさんは、レジでおでんを見ている。パーカーは随分小さくなってきつきつだったけれど、アンパンは、びっくりするほどするりとお腹の内側に入った。

おじさんは全然気づいていない。

簡単じゃん、と拍子抜けしたことで、あたしは自分のしでかしたことに気づいた。なにをやってるんだ。お父さんと「お母さんを支える」と約束したのに万引きなんて。それも、先生に構ってほしいからだなんて。

棚に戻そうとしたけれど、ちゃんと謝らないとだめだ。アンパンをパーカーに入れたまま、レジへと向かう。

「あの、すみません」

「はい、いらっしゃいまー」

おじさんはおでんに気を取られ、最後の「せ」をはっきりとは言わなかった。あたしは「実は」と言いながら、パーカーに右手を入れてアンパンを握る。でも汗ばんだ手ではうまくつかめず、落としてしまった。慌てて拾い上げようと屈んだあたしの頭上から、尖った声が降ってくる。

「お嬢ちゃん、万引きしようとしたの？」

「そうです。でも悪いことだと気づいて、謝ろうと――」

「そんな嘘ついたところで遅いんだよ」

え？

「嘘じゃない。アンパンが落ちちゃっただけで――」

「そんな言い訳を信じるわけないだろ。睨むようにこっちを見てるから、怪しいと思ったんだ」

「睨んでたんじゃない。歯が痛くて――」

「学校と親に連絡する。どこの子だ?」

おじさんはカウンターから出てくると、右腕をつかんで無理やりあたしを立たせた。

「かわいい顔してるから甘やかされてるんだろう。世の中そうはうまくいかないってことを、きっちり教えてやる」

おじさんの手に力がこもる。

「痛い! 逃げないから離してよ!」

「いいや、逃げるね。お前みたいなのを野放しにしておくと店は大変なんだよ」

おじさんがあたしを睨む目は、真っ赤に充血していた。このコンビニにはほとんど入ったことがないのに、ずっと前からあたしのことを知っていて、憎んでいるみたいだ。

「お前みたいなガキにはわからないだろうけど、万引き一つでも店にとっては大損害なんだよ。ただでさえ人を雇う余裕がなくて大変なのに、余計な仕事を増やしやがって。お前の顔をそこら中のコンビニに貼って、出入り禁止に――」

「その辺にしてあげてください」

それほど大きくないのに、力がこもっている不思議な声が、おじさんを遮った。あたしは、腕をつかまれたまま振り返る。

すぐ傍に立っていたのは、一人だけいたお客さんだった。チビのあたしから見ると背が高いけれど、おじさんと較べると低いから、大人の中ではどうかわからない。黒いコートときっちりしたパンツスーツがよく似合っていて、とてもかっこいい。

その女の人——お姉さんは、あたしに優しく微笑んでから、おじさんに言った。

「その子は、謝ろうと思ったと言ってるじゃないですか。許してあげてください。学校や親に連絡するのは、かわいそうです」

「関係ない奴が口を出すな。うちの店が、どれだけ万引き被害にあったと思ってる」

「それについては同情しますけど、この子に八つ当たりするのは筋違いです」

「八つ当たりじゃねえ！」

怒鳴ったおじさんが、あたしから手を離す。その隙に、あたしはお姉さんの後ろに逃げた。

「そのガキがいままで万引きしてたかもしれないだろう。洗いざらい吐かせてやる」

「いままで万引きしていたなら、謝ろうとするはずないでしょう。この子のことは、私に任せていただけませんか。パンのお代はお支払いしますから」

あたしにはお姉さんの背中しか見えないけれど、コートの内側からなにかを取り出したことがわかった。それを見た途端、おじさんの顔色が変わり、急に声が小さくなる。

「あ、もしかして、多摩警察署の……」

「ご存じですか」

「ええ、まあ。そういうことなら、じゃあ、お任せしますけど……」

おじさんは、不服そうにしながらも言う。

多摩警察署——その言葉の意味を考えているうちに促され、お姉さんと一緒にコンビニを出た。それから近くの公園に行って、ベンチに並んで腰を下ろす。

「どうぞ」

お姉さんがアンパンを差し出してきたけれど、あたしは全力で首を横に振った。

「いらない。謝るつもりだったけど、あたしは一度はそれを万引きしようとしたんだし、お姉さんが買ったものでしょ」

「『お姉さん』という歳じゃないんだけどなあ」

お姉さんは右手で口許を覆い、ちょっと照れたように笑う。あたしには、大人の年齢がよくわからない。この人のことも「お姉さん」と思い込んでいたけれど、間近で見たら意外と年齢が上かもしれないと思った。お母さんと同じ——三十歳くらいかも。

お姉さん（それでも、とりあえずこう呼ぶことにする）は、肩から提げていた革の鞄にアンパンをしまった。

「ならこれは、私がもらっておくね」

「そうして。それに、早くあたしを逮捕しなよ。お姉さんは警察官なんでしょ。さっき、おじさんが多摩警察署がどうとか言ってたもんね。見せたのは警察手帳じゃない？」

お姉さんは、意表を衝かれたように口を小さく開けた。そんなお姉さんを、あたしはじっと見つめて繰り返す。

「早く、あたしを逮捕しなよ」

お姉さんは口を開けたまま黙っていたけれど、やがて苦笑いした。

「お察しのとおり、私は警察官よ。でも、お嬢ちゃんを逮捕するつもりはないわ」

今度はあたしが驚く番だった。お姉さんは、苦笑いしたまま続ける。

「お嬢ちゃんは、おじさんに謝ろうとしていたんでしょう。なら、今回は見なかったことにする。その代わり、もうやったらだめだからね」

「……誰にも言わないでくれるの？」

おそるおそる訊ねるあたしに、お姉さんはきれいな笑顔で答えた。

「もちろん」

「だったら、あたしも誰にも言わない！」

しがみつきそうな勢いで、あたしは言った。

「警察なのに万引き犯を見逃したなんてわかったら、偉い人にものすごく怒られるでしょ。だから、お姉さんのことは誰にも言いません。名前も聞きません。一生の秘密にします。でも助けてもらったんだから、あたしの名前は言います。あたしは——」

「言わなくていいよ」

「え？」

声を上げるあたしを見るお姉さんの目はあたたかくて、そこだけ春になったみたいだった。

「お嬢ちゃんが訊かないなら、私も名前を訊かない。それが公平《フェア》な関係でしょう」

公平《フェア》な関係？

「大人と子どもなのに？」

「大人と子どもでも、よ」

大人からこんなことを言われたのは初めて——胸の中があたたかくなるあたしの手を、お姉さんはそっと握った。

「あなたは、いろいろなものを背負っているみたいね。とても放っておけない。なにかあったら、電話をちょうだい。私にできることはかぎられているし、いつも出られるとはかぎらなくて申し訳ないのだけれど。携帯は持ってる？」

頷いたあたしは、携帯を取り出してお姉さんと電話番号を交換した。

「お姉さんに子どもはいる？」

「いないけど、どうして？」

「別に意味はないよ」

ごまかしながら、あたしは密かにほっとしていた。

いざとなったら、この人には電話できる。

真壁

時計の針が午後四時半を回ってから、ノックの音がした。

「お久しぶりです、真壁さん。遅くなって申し訳ありません」

入室してきた仲田は申し訳なさそうに一礼すると、真壁と宝生の向かいの席に腰を下ろした。

多摩警察署三階の小会議室である。「椎名きさらについて、仲田の意見を聞いてみたい」という真壁の希望で、登戸南小学校を出た後でここにきたのだ。

機会があったら仲田と捜査してみたい、と言っていたにもかかわらず、宝生は反対した。「仲田さんの意見を聞くまでもないのでは」と諫《いさ》めてもきた。「やっぱり椎名に甘すぎるんじゃないか」と言うと「すみません」とすぐ引き下がり、表面上は納得した様子だが、内心ではどう思っているのか。

「こっちが急に押しかけてきたんだから、気にしないでくれ。防犯指導、お疲れさま」

仲田が約束の時間に二十分ほど遅れたのは、管内の中学校で行われた防犯指導が長引いたためらしい。普通にやれば時間どおりに終わるはずなのに、よほど熱心に指導していたに違いない。

仲田らしいと思いつつ、宝生を紹介してから真壁は切り出す。

「話というのは、先月二十八日に川崎区で起こった殺しの事件《ヤマ》についてだ」

遠山殺害の件と、椎名母娘《おやこ》について一通り説明する。

「娘の証言は一応筋が通っているし、後ろめたい様子もなかった。娘に嘘をつかせているなら、母親はもっと不安そうにするとも思う。でも、なにかが引っかかるんだ。そこで、たくさんの子どもを見てきた君の意見を聞きたい」

「その子に直接会ってない以上、確かなことはなにも言えませんが……」

仲田は、ふわりとした眼差しで虚空を見据えて黙った。もともと「警察官らしくない女」という印象を抱いてはいたが、こうして見るとそれがさらに強くなる。身長は、おそらく一五〇センチ強。最近は採用試験で身長制限を撤廃する警察も増えてきたが、神奈川県警は募集要項で女性の身長について「おおむね一五〇センチ以上」と明記している。試験を受けられるぎりぎりの背丈だったのではないか。

しばらく虚空を見据えていた仲田は、一語一語選ぶように話し出す。

「まず、掃除が気になります」

予期せぬ単語に、宝生と顔を見合わせた。

「椎名さんは、掃除について、きさらちゃんが全部自分で調べて、考えてやってくれていると言ったんですよね。それは言い換えれば『きさらちゃんにすべてやらせている』ということではないでしょうか」

「椎名さんは仕事が忙しいから、娘が率先してやっているのでは」

宝生の言葉に、仲田は首を横に振る。

「そうだとしても、『全部自分で調べて』というのは気になります。椎名さんは、きさらちゃんに掃除のやり方も教えていないのではないでしょうか」

「教育方針は家庭によって違うから、なんとも言えないでしょう」

むきになっているのでは、と穿《うが》ちたくなるほど強く、宝生は反論する。真壁はそれを無視し、「ほかには？」と仲田を促した。

「真壁さんたちが話を聞いた後、きさらちゃんは先生の腕に抱きつくようにして部屋から出ていったんですよね。小五の女子にしては子どもっぽい行動です。大人に構ってもらいたいのだとしたら、ネグレクトを受けている子どもの特徴的な行動です」

「そういう懐っこい子もいるんじゃないか」

「もちろんです。でも掃除のことと合わせると、ネグレクトが原因である可能性も無視できません。生活に余裕がない保護者は、子どもに構う余裕もなくしてしまうことがある。完全に放置しているわけではなくても、生活の要所要所でネグレクトが発生しているケースも考えられる。仮にネグレクトされているとして、きさらちゃんの心情を〝想像〟するなら、お母さんに頼られれば、うれしくて嘘はつくかもしれません。口にしているうちに、その嘘が本当だと思い込んでしまうこともありうるとは思います」

〝想像〟と断っている割に、仲田は辛そうに眉根を寄せていた。

相変わらず、関係者の心情や境遇を「想像」したがるんだな――。

「よし、いまの話を娘にぶつけよう。反応次第では、椎名のアリバイを崩せる」

「私の考えたとおりなら、相当な信頼関係を築かないかぎり、きさらちゃんは簡単には証言を翻《ひるがえ》さないと思います。大人はもちろん、よほど仲のいい友だち以外には打ち明けないのではないでしょうか」

「だったら、君が直接話を聞いてくれないか。そういうのは得意だろう」

「待ってください」

　宝生が言った。

「椎名には遠山さんを殺す動機はないんです。アリバイ工作を疑ってかかるのはどうかと」

「疑うのが警察の仕事だ。それに、娘がネグレクトされているかもしれないんだ。放っておけない」

「全部、仲田さんの想像じゃないですか。だいたい仲田さんに動いてもらおうにも、上司《うえ》の許可がいるでしょう。たいした根拠もないのに、許可が出るとは思えません。そんなことに労力を割くくらいなら、ほかの関係者に聞き込みするべきです」

「お前が俺と一緒に、『椎名が怪しい』と上司《うえ》に進言すればいい」

「私は進言しません。一応とはいえアリバイがあるんです。怪しいとは思えない」

「なんだと？」

「きさらちゃんに、補導歴はありますか」

　過熱していく真壁と宝生のやり取りに、仲田はやんわりと割って入った。場違いなその口調に、やり取りがとまる。

「担任が、ないと言っていたが」

　真壁が答えると、仲田は残念そうに首を横に振った。

「それを口実に、私が介入することもできませんね。宝生さんの言うことにも一理ありますし、虐待だとしたら慎重に対応する必要もある。なにより、私もほかの人から頼まれていることがあるので、いまはそちらを優先させてください。それが片づいて、上司《うえ》の許可が出たら、すぐにきさらちゃんのことを調べます」

仲田の面持ちは穏やかなままではあったが、眉間には薄くしわが寄っていた。すぐさま動けないことに、忸怩《じくじ》たる思いを抱いているようだ。

「学校には、きさらちゃんの様子に気をつけてもらって、なにかあったら連絡してほしいと伝えておきます。それから、以前ラバーズXで働いていた関係者に心当たりがあります。連絡がつき次第、話を聞けないか打診してみましょう。椎名さんと被害者の関係について、なにかわかるかもしれません」


多摩警察署を出ると、宝生は振り返って言った。

「実際に話してみたら、仲田さんが噂以上に優しそうな人で驚きました。あれで捜査できるなんて不思議です」

「お前が言うか」と言いかけた真壁だったが、不意に言葉がとまった。

かつて一緒に捜査した事件で、一度だけ仲田の「素顔」を垣間見たことがある。やわらかな笑顔の下に隠された、打ちひしがれた少女を思わせる表情。事件関係者の辛い境遇ばかりを「想像」しているからこそ生じる表情。それは、彼女が優しすぎるがゆえだろう。

奇しくも自分が宝生に抱いている不安は、仲田にも当てはまるのではないか。辛い過去や事情を抱えた人間と、うまく距離を取ることができないのではないか。優しさが裏目に出ることだって――。

「その仲田と一緒に捜査したい、と言っていたのに、どうして拒否した？」

胸によぎった不安をごまかすため、真壁は問う。

「さっきも言ったとおりですよ。現段階で、椎名を積極的に疑う理由はないでしょう」

「だが、調べてみる価値はあるだろう。もし椎名が娘を虐待して言うことを聞かせているなら、早く娘を助けてやらないといけないんだぞ」

「それは……」

口ごもった末に、宝生は言った。

「――椎名の、負担になるからです」

「負担？」

鸚鵡《おうむ》返《がえ》しする真壁に、宝生はゆっくりと頷く。

「椎名は、風俗嬢時代はリストカットをするほど追い詰められ、いまは生活に余裕がないんです。真壁さんの勘と、仲田さんの想像だけで、娘にアリバイ証言を強要していると疑うのは気の毒じゃないですか。そもそも自分には、椎名が娘を虐待しているとは思えないんですよ。娘を傷つけたくないから、自分が風俗嬢だったことを隠したがっていたでしょう。だから、娘を虐待して支配しているようなことはないのでは、と……」

「事件関係者に、辛い過去や事情があることは珍しくない。同情していたらきりがないぞ」

「もちろん、わかってます。椎名を特別扱いするつもりはありません。彼女に特別な感情なんて抱いていません」

特別。二度使われたその単語が、一つの思いつきをもたらした。

「まさかとは思うが、椎名に惚れたんじゃないだろうな」

「なにを言ってるんです。真壁さんじゃなかったら怒ってますよ」

「だが、お前はあまりに彼女に肩入れしすぎている。あれだけの美人だ。見惚れていたところにリストカットの話を聞かされ、同情が高じて愛情になったんじゃないか」

語っているうちに、ありえる話に思えてきた。容疑者に惚れて身を持ち崩す刑事は、決して珍しくない。ましてや、まじめすぎる宝生だ。「信じてますからね、刑事さん」の一言にあっさりやられたのではないか。それが風俗嬢の常套手段とも知らずに。

宝生は、苦笑しながら首を横に振った。

「断じてありません。さっき会って、少し話しただけじゃないですか。それで惚れると思います？」

「それはそうだが」

「でしょう。少しでも椎名が怪しくなったら、すぐに仲田さんの力を借りましょうよ」

ネグレクトされているかもしれない少女を放っておくことには後ろ髪を引かれる。しかし壇の件同様、鮮やかに白黒つくのはフィクションの中だけの話だ。宝生の言うとおり、上司《うえ》は一応のアリバイがある椎名よりは、ほかを当たれと言うだろう。自分の仕事は殺人犯を捕まえることであって、子どもを救うことが第一ではない。仲田も学校に連絡すると言っていたし……。

「――お前の言うとおりだな」

自分自身を納得させるために、真壁は言った。

きさら

十二月二日金曜日。

あたしは生まれて初めて、朝起きて顔を洗った。蛇口から流れ出る水が冷たすぎて「ひゃっ！」と声を上げそうになったけれど、お母さんを起こしたくなくてこらえた。

鏡に映った、水滴のついた自分の顔を見つめる。いつもごしごしこすっていた目やにはきれいに落ちて、肌もすっきりした。

こんな魔法みたいな効果があるなんて。

そういえばお母さんは、起きたらいつも顔を洗っている。どうして教えてくれなかったんだ。頰を膨らませてしまったけれど、仕事で疲れていてそれどころではないんだ、とすぐに気づいた。昨日だって、学校でいろいろあったことを話そうとしたけれど、お母さんは「警察が家《うち》に来て面倒だった。あんたは変なこと言ってないだろうね」と言ったきりあとはずっと黙っていたので、事件の話もできなかった。

顔を洗っているお母さんを見て、真似しようとしなかったあたしが悪いんだ。

寝息を立てているお母さんの横で手早くパンを食べ、今日は痛まない歯を磨いて家を出た。

もう遊馬先生はいないし、翔太から「いじめのターゲットにされている」と言われたせいか、学校に向かう足は重たい。

でもお母さんを支えるためには、ちゃんと学校に行った方がいいに決まっている。学校に着くまでに覚悟を決め直し、教室に入った。自分の机にランドセルを置いていると、美雲と河合がやって来る。後ろには、うちの班の女子二人を引き連れていた。

「ごめんね、椎名さん」

美雲がいきなり頭を下げた。昨日も謝られたな、と思っているあたしに、美雲は訊いてもいないのに説明を始める。なんでも、昨日は掃除当番だと知らないで、うちの班の女子と遊びに行ってしまったのだという。

美雲はともかく、班の女子が当番を忘れるなんて信じられない。「男子も一緒だった」と言うけれど、そんなに仲よくもなかったはずだ。

でも、あたしだって昨日は翔太に腹を立てて掃除をさぼったから偉そうなことは言えない。

美雲に「別にいいよ」と応じている途中、誰も掃除していないにしては教室がきれいなことに気づいた。机にも床にも、拭いた跡がある。そのことについて深く考える前に、美雲はもう一度頭を下げてきた。

「本当にごめんね。ほら、みんなも謝る」

美雲に促され、河合たちが「ごめんよ」「ごめんなさい」と口々に謝り出す。

「別にいいってば」

「それだと気が済まない。お詫びに、今日は私の家に来ない？　お誕生日会があるの」

宇宙から飛んできたような言葉だった。

「あたしが、美雲の家に？」

「そう。河合たちも来るんだけど、嫌かな？」

「嫌じゃないけど」

友だちの家に誘われるなんて、いつ以来だろう。どんな顔をしていいか困っていると、美雲は「よかった！」と胸の前で両手を握りしめた。

「じゃあ、学校が終わったら一時間後に駅前のコンビニに集合ね。いろいろ準備が必要だろうし」

「必要だよね、準備」

「準備してきてね、椎名さん」

美雲たちが言う「準備」がなにかわからなかったけれど、あたしはこくこく頷いた。いじめのターゲットになんてなってないじゃん。昨日の変な写真も、美雲の仕業じゃなかったのかも。だったら誰の仕業かわからなくて不気味だけれど、証拠もないのに疑ったのは悪かったかも。

教室の後ろを振り返る。もう席に着いている翔太と目が合う。

翔太は気の毒そうにあたしを見つめ返した後、すぐに目を逸らした。

自分が間違っていたことを認めたくないのかな?

その日の授業は、相変わらずわからない上に、終わるのがやけに遅く感じられた。学校が終わってから予定があるなんて、慣れていないのでそわそわする。

帰りの会が終わると、班のみんなで掃除をした。この後、女子二人と待ち合わせまで時間をつぶさないといけないんだろうか。どんな話をしたらいいのかわからなくて、少し気まずい。でも心臓が加速している原因は「気まずい」だけではない気がした。

あたしのどきどきをよそに、掃除が終わると女子二人は「また後でね」「準備を忘れないでね、椎名さん」と言い残して教室から出ていってしまう。

なんだろう、準備って? 誕生日会をするのは美雲の家なのに?

釈然としないまま、一度家に帰った。お母さんはいなかったので、一人で適当に時間をつぶして、約束の時間に登戸駅前のコンビニに行く。美雲と河合、うちの班の女子二人、それからよそのクラスの進んでいるグループの女子も三人いる。

背の高い河合が屈んで、あたしの耳許で囁いた。

「椎名さん、手ぶらだけど、買ったものはどうした？」

「買ったものって？」

首を傾げるあたしに、河合はくすくす笑った。それが移ったかのように、美雲たちもくすくすし始める。

訳がわからなかったけれど、少し息が苦しくなった。

美雲の家は、登戸駅の北口方面にあるという。我が家《うち》も学校も南口側なので、こっちの方に来たことはほとんどない。見慣れない道でただでさえ心細いのに、移動中は七人で盛り上がって、誰もあたしに話しかけてこなくて、息苦しさはどんどん増していった。帰りたくなったけれど、せっかく誘ってくれたんだ。行かないと悪い。

時間にすれば二、三分なのに、随分長いこと経った気がしてから、美雲の家に着いた。長方形の白い箱を三つ積み重ねたような、大きな家だ。入口には、横に長い鉄の門がある。

「椎名さんは、あっちから入って」

門の前に立った美雲が、右の方を指差した。

「真っ直ぐ行って左に曲がってすぐのところに、勝手口があるから」

「ここから入っちゃいけないの？」

「人数制限があるんだよ」

明らかに嘘だけれど、呼んでもらったのだから言われたとおりにする。後ろから、さっきよりも大きなくすくす笑いが聞こえてきて、小走りに勝手口から中に入った。長くて広い廊下を通って玄関でみんなと合流し、美雲の部屋まで行く。

あたしとお母さんが暮らしている部屋がすっぽり入ってもまだ余りそうなくらい、大きな部屋だった。ピンク色の絨毯《じゅうたん》はふかふかで、机もベッドも大きい。部屋の真ん中には、大きなテーブル。その上に、甘そうなチョコレートケーキが載せられている。蠟燭《ろうそく》が十一本立てられ、中央に「彩《あや》ちゃんお誕生日おめでとう」と書かれたプレートまであった。

なんて立派なケーキなんだろう。目を瞠《みは》るあたしに、美雲は訊いてきた。

「これ、なんのケーキかわかる？」

「バースデーケーキでしょ。本当にあるんだね。初めて見た」

何気なく口にしただけだ。特別なことを言ったつもりは全然ない。

でも美雲たちは、一斉に「わーっ！」と笑い声を上げた。

これまでくすくす笑いだけで我慢していたものが、遂に爆発したような笑い方だった。

美雲が、両手を腰に当てて胸を張る。

「じっくり調べるつもりだったのに、もう自白しちゃった。拍子抜けだけど、椎名きさらはお誕生日会をやってもらったことがないということで証明終了《QED》」

「すごい」「よくわかったね」「信じられない」「天然記念物」「びっくり」「小芝と同類じゃん」

女子たちが、競い合うように言葉を並べ立てる。それにつれて、あたしと同じくらいチビなはずの美雲が、どんどん大きく見えてくる。

美雲は、気取った手つきで前髪をかき上げた。

「簡単な推理よ。椎名さんは服も上履きもきつそうなのに新しいのを買ってもらえない。よって貧乏。さらに、朝起きたら顔を洗うという常識もない。そんな家庭なら、誕生日を祝ってもらったこともないかもしれないと思ったの。せっかく『準備』と強調してあげたのに私にプレゼントも買ってこなかったから、そういう発想自体がない。即ち、自分がもらったことがないということ。これが決定打だった」

「さすが美雲！」

「名推理！　名探偵！」

「――確かにあたしは、誕生日なんて祝ってもらったことがない。だからって、なんだよ？」

声を低くして言うと、美雲たちのはしゃぎ声が停止ボタンを押したみたいにとまった。

本音を言えば、「家で誕生日会をやってもらったことがないのは特殊」という事実に動揺している。それを押し殺し、あたしは美雲たちをまとめて睨んだ。

「あたしはお父さんの遺言で、お母さんを支えないといけないんだ。誕生日会がないことくらい、どうだっていい」

　後ずさった美雲だったけれど、振り返って六人を見遣ると、すぐにあたしに向き直った。

「ひな祭りをやったことは？」

「ないよ」

「クリスマスは？」

「……ないよ」

「お年玉をもらったことは？」

「………ないよ」

「なんにもしてくれないんだね。そんなお母さんを大事に支えてるの？」

「…………なにが悪い」

　答えているうちに、声から力が抜けていった。それを見て取った美雲は、勝ち誇った笑みを浮かべる。

「椎名さんは、お母さんに全然かわいがってもらってない。きっと虐待も受けてるよ」

「どうしてそう思うの、美雲？　教えて教えて」

　河合が、そうすることが自分の使命であるかのように美雲に訊ねる。

「だって、これだけお母さんに冷たくされてるんだもん。虐待もされてるに決まってる。椎名さんも将来、自分の子どもを虐待するんだよ」

「なんで？」

「虐待された子どもは、自分の子どもにも虐待を繰り返すんだって。きっと凶暴になっちゃうんだよ。もうこの先の人生決まったね」

「そういえば椎名さんって、三年生のとき掃除をさぼった子を正座させようとしたらしいよ」

「私、その場面見たよ。マジでこわかった」

「さっきの目つきもすごかったもんね」

「よく右目を細くして睨んでるし」

「男好きで凶暴か。最悪」

勢いを取り戻した女子たちが、また口々に言う。

「虐待なんてされてない！」

お母さんの名誉にかかわることなので、それだけは声を大にして言う。

――『自分のために叱ってくれているからネグレクトじゃない』と思ってないか。

翔太が変なことを言っていたけれど、「水責めの刑」は絶対に虐待なんかじゃない。

自分の悪いところが、あれだけ次から次に出てくるんだから。

それは間違いないはずなのに、いくら空気を吸い込んでも息が苦しかった。

「用事を思い出した」という自分でもかなしくなるほど白々しい嘘をついて、あたしは帰ることにした。誰もあたしをとめず、楽しそうに手を振ってくる。この後で美雲たちがどんな話をするのか、考えたくもない。ただ部屋の外に出た途端、「虐待なんてされてなーい」とあたしの真似をする声と、爆笑が聞こえてきた。それで、昨日の変な写真はやっぱり美雲の仕業だったんだと確信した。

ここから入れ、と言われた時点で帰るべきだったと後悔しながら、勝手口を通って外に出る。

誕生日だけじゃない、ひな祭りやクリスマスでなにかしてもらったり、お年玉をもらったりすることが、そんなに当たり前だったなんて。未だ信じられない自分が、とても惨めだった。

これが遊馬先生が言っていた「相対的貧困」というやつか。

空気を吸っても吸っても、息が苦しいままだった。両目が急速に熱を帯びてくる。でも、あいつらに泣かされてたまるか。ここで我慢すれば、あたしはきっと強くなる。もっとお母さんを支えられるようになる。

陽が沈みかけ、辺りは薄暗くなっていた。肌を切り刻むような冷たい空気に曝《さら》され、自然と早足になる。

「泣いたら」

俯いて歩いていたので、声をかけられるまで人がいることに気づかなかった。

顔を上げると、前の方に翔太が立っていた。

「なんの用だよ」

敵意を剝《む》き出しにするあたしに、翔太は肩をすくめる。

「椎名を待ってた。その様子だと、貧乏だとか、誕生日を祝ってもらったこともないとか言われたんだろう。全部図星で、まともに反論できなかったんだろう」

「だから、わかったようなことを言うな！」

昨日よりも大きな声で言ったので、すぐに引き下がると思った。でも翔太は、首を横に振る。

「わかったようなことじゃなくて、わかるんだ」

「……いい加減にしろよ」

たぶんあたしは、美雲たちを睨んだときよりもこわい目をしている。それに構わず、翔太はあたしの目の前まで来て言った。

「俺の前の家も似たようなものだったから」

前の家？

「産んでもらってなんだけど、ひどい親だった。おじいちゃんとおばあちゃんが生きていたころは、毎日が楽しかった。でも二人が死んだ後しばらくして、お父さんは会社をリストラされた。それから新しい仕事が見つからなくて、いつもいらいらしていた。お母さんもパートを増やさなくちゃいけなくて、一緒になっていらいらしていた。喧嘩もよくしていたよ。ちょっと貧乏になったくらいであんなことをするなんて。弱くて、どうしようもない人たちだった。だから俺に、暴力をふるうようになった」

最後の一言は、さらさらな黒髪とあまりに不釣り合いに聞こえた。

「両親は、病気で立て続けに死んだ。酒の飲みすぎが原因だったらしい。そんなお金があるなら、生活費に回せばよかったのにね」

「……両親が死んだなら、どうやって暮らしてるの？」

おそるおそる訊ねるあたしに、翔太は答える。

「高橋の家の子どもになった。おかげで叱られることもなく、いまは幸せだよ」

「高橋の両親は里親で、俺は里子。この場合は一緒に暮らしていても、法的には親子じゃないんだ。でもそのうち養子縁組して法的にも親子になって、名字も同じにしたい。いまは通称で『高橋』を使っているだけで、戸籍上はまだ『坂下』なんだよ」

翔太の言っていることはよくわからなかったけれど、「ほかの家の子」になったということだけはわかった。

目的地を決めず、なんとなく並んで歩き始める。気温は変わっていないはずなのに、美雲の家を出たときより空気をやわらかく感じた。

「もし美雲たちがあたしをいじめてなかったら、翔太は待ちぼうけだったんじゃない？それでよかったの？」

翔太は「よかった」と即答した後、唐突に切り出す。

「いまは虫歯が痛くないんだよね」

　不意打ちに、思わず頷いてしまう。

「だと思った。いまの椎名は、睨むような目をしてないから」

「気づいてたんだ」

「うん。親に言えなくて我慢しているんだろう。かわいそうだよ」

　表情を変えずに言われても、かわいそうだと思われている気がしない。

「翔太は『いまは幸せ』と言ったけど、あんまりそうは見えないよ。『かっこいいけど近づきにくい』と言ってる女子もいる」

「もともと感情表現が豊かな方じゃないから。実の両親には『笑い方が気持ち悪い』とからかわれて、うっかり笑えなかったし」

「高橋さんの家の子になったことを知ってる人はいるの？」

　急いで話題を変えると、翔太は首を横に振った。

「しばらく施設に入ってたし、何度か転校したから、ほとんどいない。別に隠したいわけじゃないけど、若田部先生からは『内緒にしておいた方がいい』と言われている」

「なんで？」

「日本は俺みたいな子が珍しいから、先生がみんなにどう話していいのかわからないのかもね」

　なんとなくだけど、そんな気がした。あたしだって、ほかの家の子になった人と話すのは初めてで、全然ぴんと来ない。血のつながった親の暮らしと、どう違うんだろう?

あたしの心の声が聞こえたかのように、翔太は言った。

「高橋の子になってから、坂下《もと》の家がどんなにおかしかったかわかったよ。怒られるから、洋服や靴が小さくなっても『新しいのを買って』と言えなくて、いつご飯抜きにされてもいいように給食をできるだけたくさん食べて、家のことを全部やらなくちゃいけなくて、いつもびくびくして、話が合わないから友だちもできなくて。それが全部おかしなことだって、高橋の子になるまで知らなかった」

「おかしなことなの⁉」

とても信じられないあたしに、翔太はあっさり頷いた。

「椎名は、家の電気はとめられたけど、携帯はとまってなかったことはない?」

「あるけど」

「公共料金は、電話、電気、ガス、水道の順に払えなくなるのが普通なんだって。でも金銭感覚がおかしい家だと、電話が最後。物事の優先順位をつけられないから、電気がとめられても携帯でゲームしまくって、月額料金が二万にも三万にもなる。充電はカフェやファミレスでするから、余計に金もかかる」

課金は禁止されているから月額料金がそこまでかかることはないけれど、充電に関しては心当たりがあるのでぞっとした。

「前から思ってたけど、翔太ってしゃべり方が大人っぽいし、いろいろ知っててすごいね」

　無理に笑ってみせたけれど、翔太は答えずに息をつく。

「椎名を見ていると、坂下の家にいたころの自分を見ているようで放っておけなくなった。親からいろいろ理不尽なことをされているんだろう。それが当たり前だと思う必要はないんだよ」

「そんなの、家によって違うでしょ」

「確かに、経済事情や教育方針によって多少の違いはあって当然だけど、絶対に許されないこともある。

　暴力だよ。

　俺はことあるごとに、親から殴られていたんだ。最初は、味噌汁をこぼしたとか、風呂掃除を忘れたとか、なにか理由があった。そのうち、理由もないのに殴られるようになった。泣いても頼んでも反省しても、絶対にやめてくれなかった。それどころか、お父さんもお母さんも笑いながら、かわりばんこに殴るようになった。完全に、あの人たちのストレス発散だ」

　翔太は顔色も口調も変えずに語り続ける。そのせいで全然リアリティーを感じなかったけれど、前を向いたままあたしの方を決して見ようとしなくて、だから本当なんだとわかった。

「あまりに痛くて辛くて苦しくて、学校の先生に相談したこともある。先生は一応、親に話してくれたけど、『躾です』と言われたらあっさり引き下がった。その夜は、いつも以上に激しく殴られた。それから俺は『先生も躾だと納得したんだから』と思って、自分が悪いと信じ込むようになった。俺をいい子にするためにやってくれてるんだ、と感謝までしていたよ。俺が先生に言いつけなくなったのをいいことに、身体中、痣だらけにされたのに」

また、ぞっとした。あたしと似ている……ううん、違う。我が家《うち》の場合は、あたしが本当に悪いんだ。痣ができるようなこともされていない。でも、もしストレス発散だとしたら……。そんなことのためにあたしは、感覚がなくなるほど全身が冷たくなって、頭がぼんやりして、がちがち震えて、風邪も引いていることに……。

翔太が、あたしの顔を覗き込む。

「椎名も、似たようなことをされているんじゃない？」

「……わかったようなことを言うな、なんて言ってごめん」

翔太の目を真っ直ぐに見つめて、あたしは頭を下げた。翔太は首を横に振る。

「そんなことはいいから、お母さんになにをされているのか教えてほしい。躾じゃないことはわかっただろう。大人はあてにならないから、俺が力に――」

「たまに頭をたたかれるだけだから、大丈夫」

嘘で遮って、あたしは笑った。

「あたしは、『お母さんを支える』とお父さんと約束したんだ。だから、お母さんのために生きていく。お母さんだって、いらいらをぶつけているだけじゃない、あたしのために厳しくしているところもあるんだ。そうに決まってるじゃん、親なんだから。ね？　だから大丈夫。大丈夫だったら大丈夫」

途中から「大丈夫」を翔太と自分、どちらに言っているのかわからなくなった。

翔太が、奥歯を嚙みしめる。

「そんなことを言っているうちに、取り返しのつかないことになりそうでこわい」

「心配しすぎだって。これからは、虐待だと思ったときはちゃんと言ってやめてもらう。掃除だって、あたしが全部やってるけど嫌いじゃないし——あ」

あたしは、もう一度頭を下げた。

「昨日、あたしの代わりに翔太が教室を掃除してくれたんだよね。ありがとう」

「……椎名が帰っちゃったのは、俺の言い方が悪かったせいだから」

薄闇に覆われてはいたけれど、翔太の頰がほんのり赤く染まったように見えた。あたしがそれを確かめようとしていることに気づくと、翔太はいままでで一番ぶっきらぼうな口調で言う。

「夕焼けで、赤く見えるだけだから」

「もう夕焼けなんて終わってるよ。もしかして、照れてる？」

「少し」

あたしが思わず笑うと、翔太の口許も少しだけ緩んだ。

同い年の子とこんな風に笑い合うのは、たぶん初めてだ。

「俺は携帯を持ってないから、なにかあったら家電《いえでん》にかけて」

翔太はそう言って、あたしに電話番号を教えてくれた。あたしも携帯番号を教える。お姉さんに続いて番号が増えた。それもクラスメートだ——河合の番号を登録したときと違って、うれしい。今朝とは較べ物にならないほど軽い足取りで、家に帰る。

今日は金曜日だけど、お母さんは夜勤じゃない。寝てはいないだろうから、いつもよりは気を遣わずにドアを開けて「ただいま」と言った瞬間だった。

「もっと静かに開けろよ、近所迷惑だろ！」

卓袱台に頬杖をついたお母さんに、ドアを開ける音よりも大きな声で怒鳴られた。

「……ごめんなさい」

いらいらしているな、と思いながら、できるかぎりそっとドアを閉める。学校の上履きだけじゃなく、靴も随分きつくなっているので、なかなか脱げない。玄関に座り、両手で靴をつかんで足を引き抜こうとしているあたしに、お母さんは言った。

「店長は、私と結婚するつもりはないんだって」

「そうなの？」

「そうだよ。私がこんなに好きなのに、あの人は私を避けてる。『君の本当の気持ちがわからない』とか、『君の気持ちに応えられる自信がまだない』とか、それらしいことを言ってきた。いきなり小五の女の子の父親になるのが嫌なだけのくせに」

「そうなんだ」

店長さんのことはよく知らないから、それしか言いようがない。靴を脱ぎ、部屋に上がる。

「なんだよ、その目は」

お母さんのことは見ていなかったので、なんのことかわからなかった。

「目だよ、目。お母さんをばかにするような目で見たでしょ」

「普通の目だし、お母さんの方は見てないよ」

「ごまかすな！」

部屋の空気が震えた。すぐ外が大通りで、車がひっきりなしに走っていなかったら、隣の部屋にも聞こえたと思う。

「落ち込んでるときにそんな目で見られたら、嫌な思いをするに決まってるだろ。小五にもなって、そんなこともわからないのかよ⁉」

「ご……ごめんなさい」

「謝って済むか。脱げ！」

こんなのおかしい。あたしは悪くない。絶対に虐待だ。

「なにしてるの？　早く脱げよ！　お母さんは忙しいんだから！」

「……はい」

やめてと言わなくちゃ、と頭ではわかっているのに、あたしは脱衣所に走っていた。寒くないのに指先が震え、服をうまく脱げない。そのせいで、嫌でも気づかされた。

あたしは、お母さんがこわい——。

あたしが服も下着も洗濯籠に放ると、お母さんはそれを手に取りお風呂場に投げ入れた。次いで腕を伸ばし、シャワーヘッドを握る。あ、と思う間もなかった。お母さんはあたしの服にシャワーを浴びせ、水浸しにしてしまう。

「いつも『水責めの刑』の後は、自分のぬくもりが残ってる服を着てるでしょ。そういうズルは、もう許さない。ほら、さっさと中に入りな」

催眠術にかかったように脚が勝手に動き、お風呂場に入る。今日も床はあたしに一切容赦なく冷え冷えとしていて、足の裏から足首までたちまち凍りついたように痛くなった。その感覚を少しでもやわらげたくて必死に足を上げ下げするあたしを、お母さんは一喝する。

「動くな！」

その一言が終わる前に、頭に冷たいシャワーが飛んできた。全身が一瞬にして濡れて冷えて、足の痛みがわからなくなる。

「冷たい！」

両腕で身体を抱きかかえそうになったけれど、そんなことをしたら絶対に怒られる。お母さんに言われる前に、背筋をまっすぐに伸ばして「気をつけ」の姿勢を取った。水音に混じり、歯がかたかた鳴る。少しでも気を抜いたら、背中が丸まってしまいそうだ。寒い寒い寒い寒い寒い寒い寒い寒い寒い寒い寒い寒い寒い寒い寒い寒い寒い。

「本当にあんたは、いつまで経っても悪い子だね。ほら、後ろを向きなさい」

小刻みに震えながら、その場で身体を反転させる。またお尻に水が飛んでくるのだろう。覚悟を決めて、そこに力を入れたけれど。

「ひゃっ！」

シャワーを浴びせられたのは、ふとももだった。不意打ちに膝から力が抜けて、しゃがみ込んでしまう。

「お尻だと思ったでしょ。引っかかった、引っかかった！」

お母さんのはしゃぎ声が、お風呂場に反響する。あたしは、冷たくなって感覚がなくなった首を、なんとか後ろに回した。お母さんの顔が視界に入る。

醜《みにく》かった。

目尻をだらしなく下げて、鼻の穴を歪《いびつ》に膨らませて、口の両端をいやらしく持ち上げて。せっかくの美人が台なしだけれど、それよりも重要なことが一つ。

お母さんは、楽しんでいる。

これまで当たり前だと思っていたものが、崩れていく音が聞こえた。

お母さんはストレスを発散しているだけで、あたしのことなんて少しも考えていない。あたしが悪いわけでもない。

「水責めの刑」のことを内緒にするように言っているのは、こんなことをしているとばれたら、ほかの大人に怒られるから。誕生日もクリスマスも祝ってくれないのは、あたしに関心がないから。掃除やごみの分別をやらせるのも、自分が楽をしたいから。「水責めの刑」やご飯抜きにするのだって、自分の憂《う》さを晴らしたいから。

考えすぎだ。お母さんは冷たがるあたしを見て、ちょっと楽しそうにしているだけじゃないか。たいしたことじゃない、と思おうとしたけれど、だめだった。

美雲の声が、蘇ったから。

――虐待された子どもは、自分の子どもにも虐待を繰り返すんだって。

あたしもいつか子どもができたら、同じことをするのだろうか。こんな顔になるのだろうか。

翔太がうらやましくなった。お母さんがいなくなれば、あたしもあいつみたいにどこかの家の子どもになって、こんな顔にならずに済む。でもあたしには、そんな未来ない。昨日、翔太は「親がいなくなれば」と言っていたけれど、お母さんは健康だ。簡単に死んだりしない。

警察に疑われたけれど、事件の夜は家にいたんだから捕まることもない。

そのとき、ふと昨日のニュースを思い出した。

――千葉県千葉市で、中学生の少年が両親を殺害する事件が起こりました。

お母さんを殺してしまえば。

水の冷たさを忘れるくらい、身体が内側から熱くなっていく。

「なにこっちを見てんの。早く立って、ちゃんと前を向きなさい」

言われるまでもない。いまの顔をお母さんに見られたくなくて、前を向いて俯く。

「ほら。今回はなにが悪かったのか言ってごらん」

口が勝手に動いて、なんと言っているのか自分でもわからない。

お母さんを殺すという〝殺人計画〟で、頭が一杯になっていた。

断章二

心の準備はできていたとはいえ、警察が予想外に早く訪ねてきたことに、椎名綺羅は少なからず苛立っていた。ラバーズXに在籍した風俗嬢はたくさんいる。六年前にやめた自分のもとにたどり着くには時間がかかるはず、と高を括《くく》っていたのに、まさか店の近くで目撃されていたとは。

余計な感傷に浸り、近くまで行ったのが失敗だった。あの日はまだ現場付近の下見しかするつもりはなかったので変装していなかったが、軽率だったといまは思う。ぴりぴりしていたので、そこまで考えが至らなかったのだ。

この分だと警察は遠くないうちに、自分に遠山殺害の動機らしきものがあることにたどり着くだろう。それが筋違いであるにもかかわらず、アリバイの証人が娘《きさら》一人であることを疑って徹底的に追及してくるだろう。

だが、アリバイトリックは完璧だ。どんなに調べても、揺さぶっても、宥《なだ》めすかしても、娘《きさら》の証言は揺るがない。自分の容疑は早々に晴れる。余計なことを調べられずに済む。

いざとなったら、あの宝生という刑事を利用することもできる。十中八九、あいつは自分に惚れた。ちょっと微笑んでやっただけなのに。まじめなだけで生きてきた童貞野郎なのだろう。情報を引き出す、証拠を隠滅させる、逃亡を手助けさせる……使い道はいくらでもある。

懸案は、頭痛と吐き気がすることか。遠山め。死んでもなお、つきまとってくるとは。この前も娘《きさら》に飲ませた薬の箱を、腹立ち紛れに握りつぶす。

三章

きさら

「君は本当にお母さんを殺してないんだね」「誓うんだね」

学校に来た刑事さんたちが、二人そろってあたしを睨む。

「誓うよ。あたしがお母さんを殺すはずない」

嘘だ。あたしは、お母さんを殺した。

そんなことは想像もできない刑事さんたちは、顔を見合わせて頷いた。

「信じよう」「子どもが親を殺すはずないからね」

「はい。でも、あたしは親がいなくなっちゃったから、どうやって生きていけばいいのか……」

「それはもう、新しい親をさがすしかない」「子ども一人では生きていけないからな」

やった……！　あたしが右拳を握りしめると、刑事さんたちの姿が消えて翔太になった。

「よかったな、椎名。どうやってお母さんを殺したんだ？」

「それは……」

答えられない。思い出せない。わからない。

あたしは――あたしは、お母さんを――。

＊

「くしゅん！」

自分のくしゃみで上半身が持ち上がり、目が覚めた。いつの間にか、布団も毛布もはだけている。どうりで寒いわけだ。二つを一緒くたにして、急いで包《くる》まった。

いまのは夢か。それはそうだ。

「お母さんを殺す」というアイデアは、昨日の夜、思いついたばかりなのだから。

こんな夢を見たのは、美雲が言われていた「名推理」「名探偵」という言葉に刺激され、寝る前に携帯でいろいろ調べたせいだろう。テレビで観たことがあるからなんとなくは知っていたけれど、そういう言葉は「ミステリー」というジャンルの小説やドラマに出てくるらしい。

ミステリーには、犯人が警察に捕まらないように人を殺す方法――トリックもたくさん出てくるみたいだ。お母さんを殺す参考になるかも、と期待したけれど、数がありすぎてとても全部は調べられそうになかった。

でも昨日の「水責めの刑」は二十分以上と過去最長で、最後の方はお風呂場の床に座り込んでしまって、終わった後も寒くて震えて頭がぼーっとして携帯をいじってトリックを見ることくらいしかできなかったから、ちょうどよかったとも言える。

殺してもばれないようにすることを「完全犯罪」と呼ぶこともわかった。

あたしがやらないといけないのは、これだ。せっかくお母さんを殺しても、警察に捕まったらどこの家の子にもなれない。

翔太にも会えなくなる――。

翔太のことが自然に浮かんだことがなんだか恥ずかしくて、隣に顔を向けた。お母さんは棒みたいに真っ直ぐな姿勢で、規則正しい寝息を立てている。カーテンの隙間から射し込む朝陽に白く照らされた顔は、自分の親ながらきれいだと改めて思った。

この人を、本当に殺してしまっていいんだろうか。

約束を破ることになるのだから、お父さんはとてもかなしむに違いない。これまでお母さんのために生きてきた人生はなんだったんだ、とも思う。

「水責めの刑」をあたしが我慢しさえすれば……あたしにも悪いところがあるんだから……違う、そう思い込まされているだけで、あたしは悪くなかったんだ……でも殺すくらいなら、だめもとで若田部先生に話して……。

迷っているうちに目が冴えてしまって、なんとなくテレビをつけた。お母さんを起こさないように、急いで音量を小さくする。画面の向こうでは、派手なアクセサリーをつけた化粧の濃いおばさんがしゃべっている。

〈貧乏だとか、生活が苦しいだとか、そんな文句を言っている暇があったら働けばいいんですよ。本当に辛い人は、そんなことを訴える余裕もないんですから〉

声を上げそうになって、慌てて両手で口を塞いだ。お母さんのことを言いつける余裕があるから本当に辛いわけじゃない——若田部先生がそう思ったら、きっとお母さんに「娘さんは甘えてます」と言いつける。そうしたらお母さんは、すごく怒る。翔太が大人に相談した後と同じく、いままでよりもひどい目に遭うに違いない。

やっぱり、殺人計画だ。

生まれて初めてお母さんにひどいことをしようとしているのに、興奮して楽しくて、身体が内側から熱くなっていった。もっと熱くしたくて、テレビを消し、殺人計画を一生懸命考える。

昨日の夜は「罰として一晩服を着るな」と言われ、下着もつけず寝るはめになって布団に包まってても一晩中寒かったから、余計に必死だった。

真壁

十二月五日月曜日。真壁と宝生が仲田と会ってから四日後。

この間、遠山殺しの捜査はほとんど進展がない。

通り魔の線には、「あの家に住む、無職でふらふらしている男が怪しい」「離婚して実家に戻った、目つきのヤバい女がいる」など多数の情報が寄せられた。しかし、いずれも通報者の決めつけや思い込みで、すぐに事件とは無関係であることが判明した。

遠山の人間関係についても、仕事柄、多少のトラブルはあっても、殺意を抱いている者までは見つからなかった。遠山には相当な財産があったが、家族はいないし、遺言書をつくってもいないので、死んで得する者もいない。むしろ、ラバーズXの経営権を巡って対立が生じかねないので「生きていてもらった方がよかった」という声が大多数だ。

被害者の死亡推定時刻が深夜であるため、アリバイが確認できない者もいることはいる。しかし嫌疑をかけるほどの者はいない——停滞感漂う捜査会議の雰囲気は最悪に近かった。真壁も、表にこそ出していないが焦燥《しょうそう》が募っている。

「ラバーズXに勤務する風俗嬢たちに改めて話を聞きましたが、被害者に恨みを持つ者は思い当たらないとのことです。過去のトラブルの可能性も考え、ラバーズXをやめた風俗嬢たちにも当たっていますが、足取りをつかめない者も多い。連絡が取れた者は、全員遠方に住んでいる上に、遠山への感謝を口にしていました。以上」

真壁と同じ鑑取り班の捜査員が報告を終えると、ため息やそれに似た音が、会議室の方々から漏れた。

そういえば、ラバーズXで働いていた関係者に「心当たりがある」と言っていた仲田からも音沙汰がない。まだ連絡がつかないのだろうか。

「被害者の交友関係に怪しい者がいないとなると、通り魔の線が有力になってくるか」

前方の雛壇から、伊集院《いじゅういん》管理官が低い声で言った。捜査本部長には、県警本部の刑事部長が就くのが慣例である。ただし刑事部長は多忙であり、一つの捜査本部に専従することは不可能だ。実際の指揮は、伊集院のような管理官が執る。

伊集院の判断はもっともだ。しかし真壁の頭には、椎名の姿があった。四日前はやむをえず手を引いたが、いまのこの状況ならば。

「そうとはかぎらないと思います」

真壁は、挙手と同時に発言する。

「もう一度、椎名綺羅に当たらせてもらえないでしょうか。登戸に住んでいる、ラバーズXの元風俗嬢です。動機は見つかっていませんが、アリバイは曖昧で、事件前の十一月二十五日、店の近くで目撃もされているんです。ほかに容疑者はいませんし、洗い直す価値はあります」

「曖昧でもアリバイはあるんです。洗い直すなら、アリバイがない連中が先でしょう」

即座に反論したのは、宝生だった。真壁は思わず目を丸くする。ほかの刑事たちも同様だ。いくら宝生がかわいがられていて、真壁が「意見があったらどんどん言ってほしい」と言ったとはいえ、捜査会議の席で、それも本部の刑事相手に反論するとは。驚きつつも、真壁は返す。

「アリバイが曖昧だからこそ、洗い直すんだ。偽装だとわかれば、椎名を落とすことができる」

「でも椎名の娘は、頑《かたく》なに母親のアリバイを主張していました。嘘をついていたとしても、簡単に翻すとは思えません。力ずくで落としても、後でひっくり返されるおそれがあります」

「わかっている。そこで、だ」

優しすぎるのでは、という不安はある。辛い過去や事情を抱えた人間とうまく距離を取ることができないのでは、と危惧してもいる。それでも真壁は、その名を口にした。

「多摩警察署の仲田に頼ろう」

ざわめきが生じる。居心地が悪くなっていくのを感じながら、真壁は伊集院に告げる。

「もし娘が椎名に虐待され、支配されているなら、仲田向きのケースです。彼女は、子どもの心に寄り添うのが抜群にうまい。本音では、すぐにでも娘のことを調べたいはず。聞き込みに同行してもらいましょう。管理官から、多摩警察署に話を通してくれませんか」

「生活安全課《セイアン》に殺しの捜査を手伝わせるのは筋違いだろう」

阿藤が不機嫌を丸出しに、机に頬杖をつく。「あの女は、一人で『想像』しているのがお似合いだ」と揶揄《やゆ》する声と、同調する気配も続いた。仲田に対する刑事部、刑事課の反発は、真壁が感じていた以上に強いようだ。面倒見のいい阿藤は、彼らの声を代弁するように真壁に言う。

「一度あの女と捜査して、ほだされちまったか。しっかりしろ。出世第一のお前らしくないぞ」

出世。その単語に、一瞬、躊躇《ちゅうちょ》したが、

「出世も大切だが、それとは別に大切にしないといけないものもある」

仲田と捜査した事件で出会った少女の姿が脳裏に浮かぶと、自然とその言葉が口を衝いて出た。我ながら陳腐な台詞だとは思う。

しかし、本心だ。

「はあ?」

阿藤が頓狂《とんきょう》な声を上げ、会議室に気まずいような、白けたような沈黙が落ちる。

「いいだろう。多摩警察署の生活安全課《セイアン》には、俺の方から話しておこう」

沈黙を破ったのは伊集院だった。猛禽類《もうきんるい》の如く鋭い双眸は、愉快そうに細められている。

「仲田には、これまでも少年事件の捜査に手を貸してもらってきた。今回は少年による殺しではないが、存分に働いてもらおう。反仲田派もいるが、それが刑事部のためになると俺は思う」

この言い方からすると、伊集院は仲田に殺しの捜査で実績を積ませ、ゆくゆくは刑事部に引っ張りたいのだろう。

仲田には、交番巡査時代に刑事部と生活安全部の両方から声がかかり、本人が後者を志望した。生活安全部長は諸手《もろて》をあげて歓迎したが、刑事部長との「首脳会談」の結果、当面は所轄の生活安全課に置いて様子を見ることにした――そんな噂を耳にしたことがある。

デマだと決めつけていたが、両方の部署から声がかかったという話は本当なのかもしれない。

阿藤はなおも不服そうだが、上司《うえ》にこう言われては逆らえない。宝生も、唇を真一文字に結びつつなにも言わなかった。

伊集院は続ける。

「真壁と宝生には、椎名を洗い直してもらう。事件当夜の防犯カメラも洗い直せ。椎名が映っているとしても変装はしているだろうが、それらしき人物が見つかるかもしれん。タクシーを使ったかもしれないから、改めて聞き込みもしろ」

捜査会議後、タイミングよく仲田から電話がかかってきた。ラバーズXで働いていた元風俗嬢と連絡が取れ、明日なら話を聞かせてもらえるという。仲田自身も、この先、数日はこちらの捜査にかかわれるらしい。

「仲田を伴って椎名きさらに会う前に、まずその女性のところに行く」という方針を決め、夜の間は地取り班の手伝いで通り魔の線を洗うべく現場近辺の聞き込みを行ったが、目ぼしい手がかりは得られなかった。

きさら

十二月六日火曜日。

裸で寝ることを強要された日から四日が経った。この間、少し熱っぽくなっただけで、風邪は引かなかった。お母さんの機嫌が悪くないから、あれから「水責めの刑」にされてもいない。

登校したあたしが教室でランドセルを下ろしていると、河合がやってきた。後ろには、美雲の誕生日会にいた女子たちがそろっている。

一番後ろには、不機嫌そうにあたしを睨む美雲もいた。

「おはよう、椎名さん」

河合がぎこちなく頭を下げる。話すのはあの日以来だな、と思いながら「おはよう」と返す。

それきり、会話は途絶えた。あたしが椅子に座っても、河合はもじもじしてなにも言わない。後ろの子たちも同《おんな》じだ。なぜか、そろって泣きそうな顔をしている。なんなんだ、一体？

「あー、もう。役に立たないんだから！」

飛び出してきた美雲が、「こんな悔しいことない」と言わんばかりの目であたしを見下ろす。

「私たちは、椎名さんに謝りにきたの！」

「謝るって、なにを？」

美雲には謝られてばかりだとは思ったけれど、今回はなんだかこれまでと違う。

「そこまで言わせる気？」

美雲は、教室の後ろ、翔太の方にちらりと目を向けてから吐き捨てる。

「この前、私のお誕生日会で意地悪したことをです。どうもすみませんでした！」

朝の会までまだ時間があるので、人影はまばらだ。それでも教室中の視線が、美雲に集中する。それを感じるのか、美雲の歪んだ顔がどんどん赤くなっていく。

「ほら、これで満足でしょう。翔太くんにも、言いつけないように言ってよね」

「なんの話かさっぱりなんだけど？」

「だから……翔太くんのお父さんに……」

美雲が、ぼそぼそ話したことをまとめると。

翔太の父親——美雲たちは知らないけれど里親——である高橋さんは、大きな会社の社長をしている。大臣をやったことがある政治家とも仲がいい。あたしをいじめたことをみんなの前で謝らないと、親経由でこの政治家に言いつける。そうなったら美雲たちの将来にも影響するぞ……と、翔太に言われたらしい。

「そういうことだから。もういいでしょ！」

あたしが返事をする前に、美雲は教室から出ていってしまった。河合たちも慌てて後を追う。

教室中が呆気に取られる中、翔太があたしの傍に来た。

「本当は、親に言いつけるような真似はしたくなかった。でも、あいつらはいくら言ってもいじめをやめようとしなかったから。誕生日会の後もいろいろ大変だったね、椎名」

「そうだね。ありがとう」

一応お礼は言ったけれど、正直、誕生日会の後でなにをされたかわからない。いまは虫歯も、あまり気にならない。

殺人計画に夢中だからだ。


登戸南小学校は、二時間目と三時間目の間に十五分の休み時間がある。それだけあれば殺人計画の参考になる本が見つかるかもしれないので、急いで図書室に行った。

今日手に取ったのは、ページがばらばらになりそうなほど古い本だった。タイトルは『拝啓名探偵殿　10分間ミステリー40選』。いろんなミステリーのトリックをクイズにした本らしい。

窓際の席でページをめくりながら、この四日間を振り返る。

調べれば調べるほど、完全犯罪がとても難しいことがわかった。

一番いい方法は、「死体を隠して殺人そのものを隠す」ことらしい。そうすれば事件にならず、警察に捜査されること自体ないからだ。

もちろん、死体は簡単には隠せないだろう。でも殺した後ばらばらにして、あっちこっちに捨てたら見つからないかもしれない。人間の身体はノコギリや包丁でも簡単には切れないらしいが、「ほかの家の子になりたい」という強い気持ちがあればなんとかなる……と思いかけたけれど、どんなにきれいに拭き取ってもルミノール反応というものを調べれば、血がついたことはばれてしまうようだ。お母さんをばらばらにする場所なんて家のお風呂場くらいしかないから、警察にそれを調べられたらおしまいだ。

次にいい方法が「病死や事故、自殺に見せかける」こと。でもこれは、ほとんどが警察に見抜かれてしまうのだという。

がっかりしている最中、参考になりそうな小説を見つけはした。男の子が家族を病気で死んだように見せかけて殺す話で、ネット上には「リアリティーがある」「本当に殺せそう」などほめている人もいる。学校の図書室にあったから期待したけれど、ぱらぱらめくったらあとがきに「作中における殺人方法は、あえて詳述しなかった理由により、ほぼ確実に失敗します」と書いてあってがっかりした。

でもよく考えたら、完全犯罪の方法が小説で簡単に読めたらみんな真似するし、警察にもばれてしまう。やっぱり誰にも思いつかないようなトリックを、自分で考えるしかない。

そう思って、こうしていろんなトリックを調べている。

お母さんは健康だから病死には見せかけられないし、事故に見せかけるのも大変そう。となると、自殺かな？　誰も入れない部屋で死んでいれば……と考えているうちになにか閃《ひらめ》きそうになって本を閉じ、持ってきたノートを広げた。鉛筆で、人の形や部屋の見取り図を描いていく。

場所は、あたしの家。お母さんの首を後ろからロープで絞めて、一気に持ち上げて天井の梁《はり》からぶら下げる。その後でドアや窓を閉め切って誰も入れなかったように見せかければ、お母さんが自分で首を吊ったような現場の完成だ。もちろん鍵をかけただけでは、警察は合鍵を持っているあたしを真っ先に疑う。でも、内側からドアや窓の隙間にガムテープが貼られていたら？　こういうのを、ミステリーでは「目張り密室」というらしい。

あたしが生まれるずっと前に書かれた外国の小説で、トリックを使って外から目張り密室をつくるものがあった。同じトリックを使えばいける。警察はそんな昔の小説なんて知らないだろうし――夢中で図を描いていると、斜め後ろから伸びてきた手がノートを取り上げた。

「無理だよ」

なにが起こったか理解する前に、あたしを見下ろして翔太が言う。

「なにがだよ。返してよ」

「図書室で大きな声を出しちゃだめだ」

翔太はノートを持ったまま、図書室から出ていく。迷ったけれど、本を棚に戻して後を追った。

校舎を出た翔太は、校庭と反対側の、人けのない方へと歩いていく。冬の風が吹きつけてきた。パーカーを着てないから寒いけれど、それどころじゃない。

「返してってば。もう休み時間も半分すぎた——」

「これ、お母さんを殺す計画だろう」

寒さが一瞬で消えた。

「雑な図でわかりづらいけど、ガムテープで目張り密室にして、お母さんが首を吊って自殺したように見せかけるトリックか。無理がありすぎる。お母さんの体格は知らないけど、小柄な椎名に大人を持ち上げられるわけない」

確かにお母さんは、女性にしては背が高い。一方あたしは、クラスの背の順で前から三番目だ。

「それに、椎名の家の天井に梁なんてあるの？　そもそも目張りは、ガスとかで自殺するときに気体が外に漏れないようにするためにやるものだ。首吊り自殺では不自然すぎる。でも、このトリック自体はおもしろいね。どこかで見たことがあるけど。ああ、あれか。海外の――」

翔太が口にしたのは、まさにあたしが参考にした本のタイトルだった。

「よく知ってるね。ミステリーが好きなの？」

「まあね」

「どんなのが好き？」と訊いて話を逸らす前に、翔太は続ける。

「椎名の家は、人通りのないところにあるの？」

「ううん。大通り」

「だったら、このトリックをやったら絶対に誰かに見られる。こんな方法でお母さんを殺すのは、あきらめた方がいい」

「そもそも殺すつもりがない」

「美雲の誕生日会の後からいじめられても気にしてないみたいだし、図書室ではミステリーや推理クイズの本ばっかり読んでるんだ。お母さんを殺す計画を考えているとしか思えない。本当は大丈夫じゃなかったんだな」

「ううん、大丈夫」

「とぼけなくていい。俺も坂下の子だったとき、同じことを考えたことがあるから」

こんなことを言われたら、本当のことを言うしかない。

「……翔太は、実行に移さずに済んだんだね」

小声で、殺人計画を認める発言をすると、翔太は頷いた。

「先生に相談してからは自分が悪いと思い込んでいたし、その後で両親が死んでくれたから」

「あたしのお母さんは健康なの。誰にも言わないでよ。あたしがほかの家の子になる方法は、これしか——殺人計画しかないんだ」

「俺の責任は重大だな」

「そんなことない。翔太のおかげで、お母さんがおかしいって気づけたんだから」

「椎名が幸せになれるまで、ちゃんと見届ける」

「だから、そこまで責任を感じなくてもいいってば」

「安心して。殺人計画のことは誰にも言わない。椎名は辛い目に遭っているんだから、そういうことを考えてしまうのは無理ないんだし」

会話が微妙に嚙み合ってないと思いつつ、あたしは答える。

「辛い目に遭っているから考えてるんじゃない。虐待された子どもは、将来、自分の子どもに同じことをするんでしょ。あたしもそうなるのかと思うと、すごく嫌なんだ」

「水責めの刑」をしているときのお母さんの顔を思い出すと、寒さとは違う理由で身体が震える。

翔太は両目を見開き、まじまじとあたしを見つめた。そのまま、なにも言わない。

「なに?」

「いや。椎名は、いい奴だと思って」

お母さんを殺したいあたしがいい奴のはずないだろう。しかも、なぜか頬が赤くなってるし。

よくわからないけど、翔太って本当に、感情表現が豊かじゃないのかな?

翔太は、頬を赤くしたまま言う。

「虐待された子が、必ず虐待を繰り返すとはかぎらないよ。椎名が『嫌だ』という気持ちを忘れなかったら、同じことをしたりしない。実際、繰り返さない親だってたくさんいるんだ」

「そうなの?」

かくん、と膝が折れそうになるくらい安心した。

「だったら、これからも大丈夫かも」

「それはいい奴すぎる。椎名が我慢していたら、お母さんの暴力はどんどんエスカレートして、殺されてしまうかもしれない」

「そんな大袈裟な——」

笑おうとしたけれど、できなかった。

「水責めの刑」の時間は、確実に長くなっている。この前は、一晩服すら着させてもらえなかった。刑を始める理由だって、どう考えても八つ当たりだった……。

あたしがもっと小さかったころは、お母さんはあんな風じゃなかったと思う。

どうして変わってしまったんだろう?　変わり続けているんだろう?

「大袈裟じゃなさそうだな」

口を閉ざしてしまったあたしに、翔太は心配そうに言った。ごまかしようがないので頷く。

「やっぱり、あたしには殺人計画しかない」

「我慢する必要はないけど、そんなことを考えるのは健全じゃない」

「自分も考えたことがあるくせに」

「だからこそ、言ってるんだよ」

翔太がノートを閉じるのと同時に、三時間目の始まりを告げるチャイムが鳴った。

「昼休みになったら、俺につき合ってほしい」

真壁

午前十時半。

真壁と宝生は、仲田の案内で南武線登戸駅の隣駅、中野島《なかのしま》駅から徒歩十五分ほどのところにあるアパートに来ていた。

九年前までラバーズXに勤務していた元風俗嬢、市ケ谷《いちがや》に話を訊くためである。二年前、交際相手から受けたDVに関して、仲田が相談に乗ったことがあるのだという。

「仲田さん、久しぶりー」

軽快に笑う市ヶ谷は、髪を派手な茶色に染めた、化粧の濃い女だった。年齢は三十代半ばと聞いていたが、そうは見えないほど童顔だ。しゃべり方も、どこか子どもっぽい。

1LDKの部屋は独り暮らしにしては物が多く、雑然としていた。真壁たちは丸テーブルを囲んで床に腰を下ろしているが、四人分の座るスペースを確保するだけでも一苦労だった。

「仲田さんには、いろいろ親身になってもらって感謝しかないよ。DV野郎をやっつけてもくれたしさ」

意味がわからない真壁に、市ヶ谷は我がことのように胸を張る。

「仲田さんは襲ってきたDV野郎の額を、ペットボトルでぶん殴ってくれたの。自分よりずっとでかくて、ごつい相手だったのに。かっこよかったなあ」

警察学校に入校すると、武術として剣道か柔道を選択することになる。額を殴ったということは、剣道の「面」。小柄で、手足も長くないのに、仲田は強いのだろうか。意外に思いながら顔を向けると、仲田は澄ました顔で言った。

「窮鼠猫《きゅうそ》を嚙む、というやつですよ。そんなことより、市ヶ谷さん。引っ越しするなら、一声かけてくだされればよかったのに」

「ごめんごめん。借金して、やばい連中に目をつけられちゃってさ。あ、連中とは話がついたから、もう心配しなくていいよ。それで、なんの用なの？」

真壁は「では、単刀直入に」と本題に入る。

「ラバーズXのオーナー、遠山さんが亡くなったことはご存じですか」

「テレビで観た。殺されたんだってね。私を疑ってるの？　オーナーが殺された日はキャバクラで働いてたよ」

それに関しては先ほど勤務先に確認したので、首を横に振る。

「とんでもない。遠山さんは、従業員のみなさんに随分よくしていたそうですから動機もありませんしね」

「よくしていた、か。私もそう思ってたよ、ラバーズXにいたころはね」

含みのある言い方だった。

「どういう意味でしょうか」

「ラバーズXにいる間は、オーナーが恩人だと思い込まされていたのよ。私だけじゃない、風俗嬢みんな。マインド・コントロールってやつね。やめてからも解けない子は多いよ」

仲田さんにも初めて話すね、と独り言めいた呟きを挟み、市ヶ谷は続ける。

「オーナーが酔ったときに話してきたんだけど、あの人は両親を早くに亡くして、子どものころは施設で育ったんだって。職員は子どもを『問題を起こす連中』と決めつけて四六時中監視して、自由なんてまったくなかった。そのくせ、子ども同士でセックスしたり、性器を舐めさせたりするなんてことには見て見ぬふりだった」

「子ども同士で、そんなことあるはず――」

「施設内の子ども同士による性暴力は、最近、問題になっています」

反射的に否定した真壁を制するように、仲田は言った。

「表面化したのは近年ですが、昔からあったとも言われています。子どものプライバシーにかかわることなので発覚しづらかったのでしょうが、『子どもには性欲がない』という大人の決めつけ……というより、願望も影響しているのかもしれません。もちろん、そういう問題が起こらないように子どもたちと向き合っている施設の方が大多数ですが」

「オーナーがいた施設は大変だったそうよ。この数年で太っちゃったけど、昔は結構な美人だったから、随分かわいそうな目に遭ったらしい。そのせいで歪んで、自分が受けた屈辱をほかの女にぶつけることが生き甲斐になった。それでラバーズXをつくったの。女を洗脳して、売春させて金儲けもできるんだから一石二鳥ってやつよ」

そんな施設があるなんて……。宝生とともに絶句していると、市ヶ谷はぎこちなく笑った。

「これは仲田さんに打ち明けたけど、私、母親の再婚相手からレイプされてたんだよね。で、耐え切れなくなって高校のとき家出して、あっちこっち転々とした挙げ句、オーナーに拾われたの。『あなたには休息が必要よ』なんてうまいことを言われて、窓もない部屋に閉じ込められて、毎日オーナーと話すだけ。そのうち二十四時間ぼんやりするようになって、気がついたらオーナーにレイプのことを話して、自分には風俗嬢しか生きる道がないと思い込んでいた」

外界との交流を一切遮断し、都合のいい情報のみを吹き込んで洗脳する――反社会的組織などで頻繁に見られる手口だ。

「いまでは信じられないけど、私はオーナーを命の恩人だと思い込んでたのよ。店で働くことになってから、客を『パパ』と呼ばされていたのにね」

「パパ?」

意味がわからない真壁に、市ヶ谷は頷いた。

「私は童顔だから、『パパ』と甘えた声で呼べば年輩の客が喜ぶ、と言われたの。でも本当の目的は、義父を忘れさせないこと。私の源氏名を本名の『雅《みやび》』にしたのも、客にこの名前を呼ばせて義父のことを思い出させるため。狙いどおり、私は仕事が終わるといつも過呼吸になった。オーナーはそんな私を、楽しそうに眺めていた。

　ここまでされてもオーナーを疑わないなんてばかすぎるけど、仕方ないとも思うよ。マンションと店を行き来するだけの生活で、デリヘルすらさせてもらえなかったから。マンションにはボディーガードも兼ねた見張りがいるから自由に出入りもできない。一度マインド・コントロールされたら簡単には抜け出せない。オーナーが死ぬまで、気持ちの整理がつかなくてあんまり人に話せなかったしね――あ、刑事さん、『そこまでするか?』って顔してるね」

「いえ……」

慌ててごまかそうとする真壁に、市ヶ谷は気を悪くした様子もなく肩をすくめる。

「マインド・コントロールされて風俗嬢になる女って、割といるんだよ。やる方からすると最初は金と手間がかかるけど、その分、稼いでくれれば元は取れるから悪い話じゃない。オーナーにとっては、自分が支配するという趣味も兼ねてたからちょうどよかったんじゃない？」

あっけらかんとした笑い声に却っていたたまれなくなり、真壁は歯噛みした。

なにが「遠山は一廉の人物だったのかもしれない」だ。穴井と鈴木の無垢な眼差しは、マインド・コントロールによるものだったんだ。

――私に言わせれば、怪しげな宗教団体と同じでとんでもない話だ。

酔った勢いでラバーズXに怒鳴り込んだ壇が、結果的には正しかった……。

宝生も、全身を小刻みに震わせている。

市ヶ谷は続ける。

「そういう生活に耐えられる人間もいるだろうけど、私は無理だった。二年もすると情緒不安定になって、店をクビよ。それで充分だろうに、オーナーはとどめとばかりに、私がもともと住んでいた登戸にあるアパートを斡旋してきた。おかげでことあるごとに昔のことを思い出してパニックよ。なのに、まだオーナーに感謝してたんだから笑えるよね」

「でも、いまは違うんですよね」

仲田の言葉に背中を押されたように、市ヶ谷は頷く。

「つき合い始めた男に『騙されている』と教えてもらって目が覚めた。そいつは何年かしたらDV野郎になって、仲田さんの世話になったんだけどさ。マインド・コントロールが解けた私は、まだ幸せよ。そうでない子は廃人みたいになるか、最悪、自殺しちゃっているみたい。辛いことを経験した方が人に優しくなれるとか言ってる歌があった気がするけど、少なくとも遠山には当てはまらないね。殺されて当然よ」

「お気持ちはわかりますし、被害者は、殺されて当然なほど悪いことをしたのかもしれません。それでも、殺されていい人間なんていませんよ」

真壁は、自分に言い聞かせることも兼ねて言葉に力を込め、椎名の写真を差し出した。穴井経由で入手した、ラバーズX時代のものだ。

「この女性に見覚えはありませんか」

「綺羅ちゃんでしょ。この子を疑ってるなら、いい線いってるかもね。私と同じで、マインド・コントロールが解けていたと思うから」

思わず身を乗り出す真壁に、市ヶ谷は続ける。

「ラバーズX時代、綺羅ちゃんとは挨拶くらいしかしたことがなかった。再会したのは六年前。あの子が店をやめて、私の住んでいるアパートに引っ越してきてから。綺羅ちゃんも、登戸になにか因縁があるのかもね」

同じ「職場」にいた者同士、二人は、顔を合わせれば話すくらいの仲になった。その時点でマインド・コントロールが解けていた市ヶ谷の目には、ことあるごとに遠山への感謝を口にする椎名が「狂信者」に映ったという。見兼ねた市ヶ谷は、マインド・コントロールのことを教えた。

「信じてもらえなくて逆ギレされたけど、心のどこかに思い当たる節があったんじゃない？　段々とオーナーの話をしなくなったし、アパートを出ていかなきゃならなくなったときなんて、オーナーに引っ越し代を出してもらって、ものすごく悔しそうな顔をしてたもん。あの時点で、完全にマインド・コントロールが解けていたと思う」

「どうして出ていったのです？」

「きさらちゃんを虐待していることがばれたから」

市ヶ谷の明快な答えに、傍らで宝生が大きく息を呑んだ。

「手に職はないから生活は厳しいし、マインド・コントロールが解けて現実に気づいて、いらいらして子どもに当たってたんじゃない？　綺羅ちゃんは否定してたけど、風呂場からシャワーの音と子どもの泣き叫ぶ声が聞こえてきたし、きさらちゃんが冷水シャワーで『水責めの刑』にされてるとか言ってたから間違いないと思う。『あたしは悪くない！』なんて半狂乱の声がしたこともあったっけ。それで近所から苦情が来て、引っ越すしかなくなったの」

「児童虐待の防止等に関する法律」いわゆる「児童虐待防止法」では、虐待を受けたと思われる児童を発見した者には福祉事務所や児童相談所への通告が義務づけられている。したがって近所の住人には椎名に苦情を言うより先にするべきことがあるはずなのだが、そうした知識がない者は少なくないし、知識はあっても行政にかかわることを嫌がる者もいる。

「綺羅ちゃんは美人だけどちょっと目つきがきついし、根は短気なんじゃないかな――ああ、そういえば」

市ヶ谷が、思い出したようにつけ加える。

「ラバーズXにいたころ、綺羅ちゃんが客に灰皿で殴りかかったことがあるの。料金以上のサービスをさせられそうになったから客の方が全面的に悪いんだけど、普通はそこまでしないでしょ。大騒ぎになって、綺羅ちゃんを宥めたオーナーが、客にこんなことを言ってたっけ」

――気をつけてくださいね、お客さん。この子はキレたら、人を殺しかねないんです。

「椎名が娘を虐待している可能性が高くなったな」

市ヶ谷のアパートを出ると、真壁は口を開いた。

「市ヶ谷の証言だけだから確定ではないが、キレたらなにをするかわからないという話も出てきた。『マインド・コントロールが解けた』という動機もありそうだ。娘を虐待で支配してアリバイを偽証させ、遠山を殺した。その線が出てきたことは、お前も認めざるをえないだろう」

同意を求めると、宝生はぎこちなくも首肯した。密かに安堵したが、

「騙しやがって、あいつ……！」

宝生が吐き捨てた一言に、安堵はすぐさま消え失せた。

「椎名の言葉を鵜呑みにした私がばかでした。娘を傷つけたくない、なんて言いながら虐待なんて。絶対に許せない。きさらちゃんから、改めて話を聞きましょう。ぜひ、仲田さんの力もお借りしたい」

「まだ椎名さんが虐待していると決まったわけではありませんよ。ただ、急いで確認する必要はありますね」

荒ぶる宝生と違い、仲田の声音は静かだった。それに続いて、真壁は足をとめて言う。

「宝生。お前はこの件からはずれろ」

安堵した反動か、稲妻の如く鋭く、激しい声音になった。宝生が泡を食う。

「なにを言ってるんですか、真壁さん？」

「俺も仲田も、被害者《ガイシャ》の無念を晴らすため、椎名の娘を救うため、つまりは、誰かのために捜査している。だが、お前は違う。自分が椎名に騙されたかもしれないことに腹を立てている」

「……そんなはず、ないで、しょう」

間が空いた上にたどたどしい否定が、真壁の指摘が正しいことを証明していた。余計

に怒りが燃え上がり、真壁は言う。

「お前は少しでも被害者《ガイシャ》のことを考えたか？　市ヶ谷と同じで、殺されてもいい人間だったなんて思ってないだろうな？　椎名の娘はどうだ？　虐待されているとしたら、俺たちのミスで放置していたことになるんだぞ。無力な子どもを、鬼のような母親のもとにみすみす置いてしまったんだ。大袈裟でなく、娘は殺されていたかもしれないし、逆に親を殺していたかもしれない」

自分で口にした言葉にぞっとした。運よく事件になっていないだけで、いつ事件になってもおかしくない状況だとしたら……。

真壁の心情に頓着せず、宝生は首を激しく横に振った。

「椎名が虐待していたとしても、鬼は言いすぎです。子どものころ虐待されていた人が自分の子どもに虐待を繰り返す確率が高いことは、各種データで証明されています。十七歳で妊娠して風俗店に出入りしていた椎名は、虐待か、それに近い家庭環境で育ったのかもしれない。だから彼女も――」

「そんなことは虐待を許す理由にはならない。椎名が気の毒だとは思うが、大人になったら自己責任だ」

「何歳から大人なんですか。法律で成人と定められた年齢に達した日からですか。それより一日前なら自己責任にならないんですか」

「屁理屈をこねるな。どんな子ども時代をすごしていようが関係ない。娘を虐待しているならいまの椎名は犯罪者以外の何物でもない！」

宝生の「ベビーフェイス」が大きく歪む。この男のこんな悔しそうな表情は初めて見る。

宝生への激昂《げきこう》は嘘のように消えていた。代わって胸に去来したのは、やるせなさだった。宝生と交番で勤務した日々が、刑事講習の準備につき合ってやった時間が、脳裏を駆け巡る。真壁は気を落ち着かせるため、大きく息を吐き出した。

「宝生警部《おやじさん》がいまのお前を見たらどう思う？　いい加減、冷静になれ。本当に椎名に惚れているようだぞ」

「惚れている……？」

呟いてから一拍の間をおいて、宝生の表情が一変した。自分の言葉に虚を衝かれたように、両目を丸くしている。直後、それをごまかすように真壁から目を逸らす。その仕草で、真壁は確信した。

いまこの瞬間に宝生は、椎名に抱いている感情がなにかを自覚したのだ、と。五日前に一度会っただけの女に対するものとは思えない。

「交番勤務をしていたとき、椎名を見かけたと言っていたな。そのときに一目惚れしたか。そのことに、いま気づいたのか」

「……いくら真壁さんでも、怒りますよ」

動揺にまみれた震え声で言って、宝生は微かに口の端を持ち上げた。

「ちょっと見かけただけの女に一目惚れするはずないし、きさらちゃんの件にも責任を感じています。被害者《ガイシャ》はひどい人間だったかもしれませんが、それとこれとは別だともわかっています。引き続き、一緒に捜査させてください」

「――なら、いいが」

とても信じられないが、そう言うしかなかった。

「自分が恵まれた環境で育ったから、不幸な人たちの役に立ちたい」。その正義感が、引くべき一線を越えてしまったか。やるせなさに変わって、認めたくないが失望が込み上げてくる。

やはり宝生を捜査からはずすべきか？　しかし今回はそれでよくても、同じようなことはこの先必ずまた起こる。捜査に同行させて経験を積ませてやるべきか。本人も望んでいるのだし――と思いたい一方で、疑念を抑えることができない。

――俺を出し抜いて、椎名のためになにかしでかすつもりなんじゃないか？

壇の無実を証明してみせたとおり、宝生は頭の回転が速い。自分だけではない、仲田も出し抜かれるかもしれない。仲田とて有能だが、今日捜査を始めたばかり。まだ椎名母娘《おやこ》に会ってすらいないのだ。宝生との差は歴然である。

「信じてもらえてよかった」と笑みを浮かべる宝生が、見知らぬ他人に見えた。

仲田は、真壁たちから少し離れたところで立ちどまっている。この件に口出しするつもりはないようだ。

「椎名きさらに話を聞きにいこう。この前は放課後まで待ったが、状況が変わった。授業中だろうと呼び出してもらおう」

葛藤を抱えたまま歩を進める真壁を、仲田は「ですが」と諫めかけたが、すぐ首を横に振った。

「やむをえないでしょうね。でも、先に行きたいところがあります」


登戸駅の北口から徒歩二分。ノビージョ登戸店が、仲田の希望で向かった先だった。まだ昼前だが、既に混雑している店内がガラス越しに見える。

店に入ると、ちょうど店長の達川がレジにいた。警察の再訪に、達川は太い眉をひそめ、五日前よりも不安そうな顔をして宝生を見上げる。肉食獣の檻《おり》に放り込まれた小動物を思わせた。

「またなにか？」

達川は、宝生を見上げたまま言った。真壁のことは視界に入れようとすらしない。外見がこわいからか。真壁はそれを無視して、仲田を「同業者です」と紹介する。仲田が纏《まと》うやわらかな雰囲気が警察官らしくないからだろう、達川は「はあ」と惚《ほう》けた声を出した。

仲田は、背筋を真っ直ぐに伸ばして一礼する。

「お忙しいところ、すみません。西原さんが出勤なさっているなら、お話をうかがわせていただけないでしょうか」

自分が警察の相手をせず済むことに安堵したのか、すぐに達川は、西原を呼んできた。

前回、真壁たちが聞き込みに来た際、最初に警察手帳を見せたウエートレスである。

真壁たちの前に立った西原は、前回以上に顔を強ばらせ、おどおどしていた。休憩室に移動する足取りもぎこちない。よほど怯えているのか、仲田と同じくらい小柄な体軀が、さらに小さく見える。

「一体なんですか。時給を減らされると困るから、早くしてほしいんですけど」

真壁たちの向かいに座った西原は、警戒心を露に言う。仲田は、それを包み込むように微笑んだ。

「西原祐美《ゆみ》さんですよね。先週お邪魔した、多摩警察署の仲田です」

「あ……仲田さん？」

椎名さんの職場に同世代の女性がいるなら、店長の達川さんとは違った観点から彼女のことがわかるかもしれない——それが仲田の主張だった。真壁が、西原という名の椎名と同世代のウエートレスがいた話をすると、仲田はこう言った。「巡回でお会いしたことがある人かもしれません。だとしたら、娘さんがきさらちゃんと同じ小学五年生。椎名さんと個人的なつき合いがあってもおかしくないです」。

生活安全課の仕事の一つに、行方不明者や迷子の保護活動がある。その一環で、仲田は先週、西原の家を訪問したのだという。「ほかの人から頼まれていることがある」と言うくらいだから多忙なはず。いくら通常業務の一環とはいえ、保護活動くらいほかに任せればよいものを。

結構なワーカホリックなのかもしれない。

真壁としては西原の家に行ってもいいと思ったが、仲田が「椎名さんの職場を見ておきたいです」と言うので、こちらに来たのだ。

西原は警戒心を残しつつも、笑みを浮かべた。

「ごめんなさい。警察というから緊張してしまって、仲田さんだと全然気づきませんでした」

「お気になさらず。今日は、椎名さんのことでお話をうかがいたくて参りました。先日、ここにいる真壁たちが店長さんにお時間をいただいたのですが、同性の目から違った見方があるかもしれないと思ったんです」

西原から警戒心が消える。

「なにかあったんですか、椎名さん？」

「具体的なことはお答えできませんが、念のために確認しているだけです。最近の椎名さんの様子で、なにか変わったことはありませんか」

「最近のことはわからないですね。椎名さんとはもう、全然話をしてないから」

思わせぶりな言い方だった。仲田がそれに乗る。

「以前は、話をされていたのですね」

西原は待ち構えていたように「ええ」と頷く。

「一年前、私がここで働き始めたころは。娘が同い年だし、シングルマザー同士だし、話が合うと思ったんです。でも椎名さんは、どこかずれているというか、話が嚙み合わないというか、不安定というか。

きさらちゃんのことを『将来は絶対美人になる！』と言って親ばかぶりを発揮したと思ったら、図工の授業で絵をほめられても『絵描きになるわけじゃあるまいし』なんて言うだけで、どうでもよさそうだったりするんです。職場《ここ》でもスタッフに『食器の積み方が悪い』とか『おしゃべりするな』とか、いきなりキレることがあって。ほかの日に同じことをしても平気なのに。なにがスイッチで機嫌が変わるか、全然わからない。そのせいで少しずつ話しづらくなっていたところに、決定的なことが起こりました」

椎名と知り合って半年ほど経った、今年五月のことだ。職場に向かう途中、登戸駅の傍で椎名の後ろ姿を見かけた。背後から軽く肩をたたくと、椎名は鬼のような形相《ぎょうそう》をして、手にしたバッグで何度も殴打してきた。西原がいくら「やめて！」と言っても「失せろ！」「私は悪くない！」などと連呼するだけで、会話はまるで嚙み合わなかった。

「最後には『驚かせるな！』と怒鳴られました。そんなつもりはなかったし、たとえ驚いたとしても、そこまですることはないじゃありませんか」

痛みよりも恐怖が蘇ったのか、西原は両手を二の腕に添えて身震いする。

「椎名さんは、そのまま私を置いて店に行ってしまったけど、帰り際、『今日も疲れたね』と笑顔で話しかけてきました。私を殴ったことなんて、なかったかのように。それでもう、こわくなって、どう接していいのかわからなくなってしまって……」

「それは大変でしたね」

仲田がいたわると、西原は苦笑した。

「同じシングルマザーでも椎名さんは私より大変そうだから、ぴりぴりしているのかもしれません。私は、自分で言うのもなんだけど人並みに幸せな家庭で育ち、それなりにいい学校を出たし、教養もあるつもりです。弁護士に相談して、別れた夫に養育費を払わせることもできました」

西原はさらりと言ってのけたが、養育費をもらっている日本のシングルマザーは三割にも満たないと聞いたことがある。小柄な見た目とは裏腹に、たくましく、しっかりした女性らしい。

「椎名さんが無知だと言ってるわけじゃないんです。でも話を聞いたかぎり、高校もまともに出てないみたいだし、福祉や弁護士に頼るという発想もなさそう。どんどん生活が苦しくなっているんじゃないかな。だから夜勤中心のシフトを組んで……夜は、子どもとすごしたいだろうに。かわいそうだけど、私にはどうしようもないし……」

言葉を切った西原は、一つ息をつくと頭を下げた。

「まとまりがなくてごめんなさい。私にお話しできるのは、これくらいです」

バッグで殴りつけてきた相手に、ここまで思いを馳せるとは。この女性は、心に余裕がある。椎名にはそれがないから、娘を虐待しているのだろうか……。

聞き込みを終えノビージョを出ると真っ先に口を開いたのは、宝生だった。

「西原と違って、椎名は余裕がないようですね。それが娘の虐待につながっているのかもしれません」

椎名に惚れていない、とアピールするため言っているようにも聞こえるが、真壁と同じ考えだ。

「同感だ。市ヶ谷の話と合わせると、椎名がすぐにキレる性分なのは間違いない。西原のようなしっかりしたシングルマザーとは大違いだな」

「そうでしょうか」

真壁たちの後ろを歩きながら、仲田は呟くように言った。

「私には、西原さんが『椎名さんよりまし』と自分に言い聞かせているように見えました。自分より悲惨な者がいると確認することで幸福を感じる心情に似ています」

穏やかな面持ちと、口にした内容が乖離《かいり》しすぎている。

「考えすぎじゃないか」

「でも西原さんは、最後の方で敬語を使わず、独り言のように話してましたよね。あれは、無意識の自己暗示。普段から習慣にしているから、私たちの前でもついやってしまった。それに気づいて、慌てて話を切り上げた――そういう風にも考えられます」

根拠らしきものはあるが、さすがに悪い方向に「想像」しすぎではないか。同性には、意外と厳しいのかもしれない。宝生も眉根を寄せている。真壁は「そういう考えもあるかもな」と苦笑で受け流して言う。

「君の期待どおり、店長とは違った観点から椎名の様子がわかったことは収穫だ。今度こそ、娘に話を聞きにいこう」

きさら

給食が終わると、男子が翔太に「サッカーやろうぜ」と声をかけた。翔太は「今日はごめん」と断って、あたしに目配せして教室を出る。あたしは少し時間をおいて、それに続いた。

「どこに行くの?」

「保健室。遊馬先生の代わりの先生に、椎名の相談に乗ってもらう」

「待った!」

翔太の前に回り込む。

「大人はあてにならない、と言ったのは翔太だよ」

「そうだけど、遊馬先生の代わりなら信頼できるかもしれない。本当は、遊馬先生が一番なんだけどね。具合が悪くなったときお世話になったことがきっかけで時々話していたけど、口が悪いことを除けばいい先生だったよ」

「あたしもそう思う。新しい先生に、あたしのことを話しておくとも言ってくれた。でも、少し様子を見ない？」

「様子って、具体的にはなにを見るの？」

「それは……」

答えられないでいると、翔太は言った。

「そんなことをしている間に、椎名が殺人計画を決行したら困る」

「しないよ」

廊下に人がたくさんいるのに、「殺人計画」とあっさり口にしないでほしい。でも翔太は「そんなのわからないだろう」とだけ言って、あたしの横を通り抜けていく。

図書室でノートを奪ったことといい、今日はやけに強引だ。

釈然としないまま保健室に着いた。翔太がドアをノックする。

「どうぞ」

返ってきたのは、アニメのヒロインのような、かわいらしい声だった。遊馬先生とのあまりの違いに、ちょっとたじろいでしまう。

「失礼します」

翔太がドアを開ける。丸椅子に座っていたのは、遊馬先生とはいろんな意味で「違う」女の人だった。ずっと若いし、髪の毛も長い。眼鏡もかけていない。

でもなによりの違いは、見るからにおしとやかなことだった。

「どうしました？」

　言葉遣いも、遊馬先生とまるで違う。

　翔太と一緒に保健室に入ると、新しい先生はにっこり微笑んだ。こんなところも遊馬先生とは違った。なんだか、保健室の雰囲気そのものが変わった気がする。遊馬先生がいたときは薬のにおいが印象的で実験室のようだったけれど、いまはカフェみたい――そんな場所、テレビでしか知らないけれど。

「五年三組の高橋です。こっちは椎名」

「遊馬先生の代わりに来た宮沢《みやざわ》です。高橋くんは、しっかりしていて中学生みたいですね」

「ありがとうございます」

　あたしには入り込む余地がない会話だった。それに大人にお母さんのことを話すのは、やっぱり抵抗がある。

　翔太は、黙りこくるあたしを目で指し示す。

「椎名の下の名前は『きさら』です。遊馬先生から、話は聞いてるんですよね」

「椎名きさら……」

　あたしの名前を呟いた直後、宮沢先生は目を逸らした。その瞬間、保健室の空気がはっきりと変わる。

　どこがどう変わったのかうまく説明できないけれど、少なくともカフェではなくなった。

あたしたちに視線を戻した宮沢先生が、ぎくしゃくした笑みを浮かべる。

「もちろん、遊馬先生から聞いてますよ。今日は、ええと……どうしました？」

言い方までぎくしゃくしていて、あたしも翔太も咄嗟には口を開けない。すると宮沢先生は、すかさず言った。

「急ぎでないなら、また今度ゆっくりお話ししましょう。先生はまだ学校に慣れてないし、今日は書類もたくさん書かないといけないんです」

「今度って、いつですか」

翔太が言うと、宮沢先生は「いつと言われても……」と口ごもった末に答えた。

「ちょっとだけ先です。そうしたら先生も学校に慣れますから。いまの椎名さんは問題なさそうですし、今日のところは帰って、お友だちと遊んだ方がいいと思いますよ」

ものすごい勢いで顔を曇らせた翔太が、あたしに申し訳なさそうな目を向けてきた。

宮沢先生はそれに気づいていないはずがないのに、「その方が椎名さんにとっても、高橋くんにとってもいいことだと思います」などと笑顔で言う。

お母さんの話をすることには抵抗があったのだから、宮沢先生の態度は好都合だ。

でも、翔太にこんな顔をさせたことは腹が立つ。

「この前、あたしは万引きしようとしました」

いきなり切り出すと、翔太も宮沢先生もぎょっとしてあたしを見た。

「アンパンを盗もうとしてパーカーの中に入れたんだけど、悪いことだと思って店員さんに謝ろうとして、でもその前に落としてしまって、謝っても信じてもらえなかったんです。わかってもらうまで、いろいろ大変だったよ」

秘密なので、もちろん、お姉さんのことは話さない。

「なんで俺に黙ってたんだ、椎名」

「なんでいちいち翔太に言わないといけないんだよ」

「なんでもなにもない！」

「なんでもなにもある！」

あたしの両肩をつかんだ翔太に言った途端、宮沢先生は「あはは」と笑い声を上げた。

「そうやって高橋くんをからかうための冗談ですよね。びっくりさせないでください」

「椎名は、そんな冗談を言う奴じゃ――」

「そうです、冗談です」

翔太の手を振り払って頭を下げ、あたしは保健室から出ていった。


「万引きの話は冗談じゃないよな」

廊下であたしに追いつくなり、翔太は言った。

「ううん、冗談。あの先生が言ったとおり、翔太をからかっただけ」

ぴしゃりとした言い方で、あたしが絶対に認めないとわかったのだろう。翔太はそれ以上は訊かず、「無駄足になってごめん」と頭を下げた。

「もう遊馬先生に連絡するしかない」

「必要ない」

「殺人計画を立ててるほど思い詰めてる奴が言う台詞じゃない」

「その単語を簡単に口にするな。誰が聞いてるかわからない」

「聞かれて困るようなことを考えてる奴が悪い。とにかく連絡する」

「先生の赤ちゃんに迷惑かけたくないんだよ！」

足をとめて出した声は、思いのほか大きく響いた。昼休みでにぎやかだった廊下が静まり返り、一斉に視線が集まる。進んでいる人たちもいるとはいえ、男子と女子が一緒に歩いているのが珍しいから、余計に注目を集めてしまった。

翔太は、あたしを促すように歩き出した。あたしも、叫んだことなどなかったような顔をして続く。少しずつ、ざわめきが戻ってくる。「あいつら、つき合ってるのかな」「女なんて気持ち悪いのに」と大声で言い合う低学年男子の声も聞こえてきた。

「椎名の言いたいことはよくわかった。赤ちゃんのことを考えたら、確かに遊馬先生に頼るべきじゃない」

「翔太ならわかってくれると思った」

あたしと同じく、血のつながった親に恵まれなかったんだ。ほかの子から親を奪うようなことは、したくないはず。

「翔太のお父さんとお母さんにも言わないでよ。宮沢先生と違って信用できるのはわかるけど、迷惑かけたくない」

「迷惑じゃない」と返されると思ったけれど、翔太はちょっと目を泳がせ、「わかった」と言っただけだった。拍子抜けしている間に、翔太は続ける。

「そうなると警察に相談したいところだけど、実害がないと動いてくれないだろうな。椎名のお母さんに中途半端に話すだけで終わったら、俺の二の舞いだ」

実害か。「水責めの刑」の後、あたしはよく風邪を引く。たぶん、これは実害だ。でも、なぜかそのことを言えなかった。

あたしが悪いんじゃなくて、お母さんのストレス発散で「水責めの刑」にされているのだと、いまはわかっているのに。

翔太が、あたしの目を覗き込む。

「椎名は、よく学校を休むよな。この前は『たまに頭をたたかれるだけ』と言ってたけど、なにか風邪を引くようなことをされて――」

「単に身体が弱いんだよ」

慌てて嘘をついた。

きっと、冷たいシャワーを浴びせられたり、その後で服を着ることも許されなかったりすることを知られたくないんだ。話したら、翔太はあたしの裸を思い浮かべるはず。それが恥ずかしいから嘘をついたのだろう――たぶん。

そんな風に自分の心を分析したら、セーターがきつくて胸が目立っていることが気になって、反射的に猫背になってしまった。翔太が、不思議そうにあたしを見る。ごまかすために、あたしは周りに聞こえないように、でもきっぱりと言った。

「やっぱり、あたしには殺人計画しかないんだ」

あたしを見つめ返した翔太は、仕方なさそうに息をついた。

「椎名が本当にお母さんを殺すつもりなら、俺がこ――手伝う。だから、一緒に考えよう」

「ありがとう」

あたしが言うと、今度は翔太が拍子抜けした顔になった。

「椎名なら『迷惑をかけられないから自分一人でやる』とか言うと思った」

「遊馬先生と違って、翔太になら遠慮なく迷惑をかけられる」

「ひどい言いようだな。でも、うれしいよ」

翔太が頬を緩くしたので、あたしも同じ顔をしてみせた。よかった。気づかれてない。

本当は、翔太に頼らないで殺人計画を実行しようとしていることに。

だって翔太、「俺が殺す」と言おうとしたでしょ？　そんなこと、させられるはずないじゃん。

お母さんは、あたしが一人で殺すんだ。絶対に、確実に、誰にもばれないように。

それしか、あたしがほかの家の子になれる方法はない。

歩きながら話したかったので遠回りしたけれど、教室に着いた。中に入ろうとする直前、後ろから「いたいた、椎名さん」という声が聞こえてくる。振り返ると、若田部先生だった。

先生は、こわいくらい真剣な顔であたしを見下ろす。翔太だけでなく、廊下にいる子たちの視線まであたしに集まる。

「大事な話があるの。一緒に来てください」

真壁

前回同様、椎名きさらは緊張の面持ちで校長室に入ってきた。ただし前回と違い、付き添っているのは校長だけだ。もうすぐ昼休みが終わるので、担任は授業があるのだという。

きさらを見た瞬間、仲田の両目がわずかに広がった。どうしたんだ、と思う間もなく、きさらが大きく息を呑んで仲田を見つめる。ノビージョの達川同様、仲田が警察官だということが意外であるようだ。子どもなら警察官を「おじさん」と思い込んでいるだろうし、前回は真壁と宝生が聞き込みをしてそのイメージが強化されたろうから、なおさらか。

「初めまして！」

言葉とは裏腹に、とても初対面とは思えない勢いで飛びつくように、きさらは仲田の両手を握りしめた。仲田の方も、初対面とは思えない、打ち解けた笑みを浮かべる。

「初めまして、きさらちゃん。多摩警察署の仲田です」

「下の名前はなんていうの？」

「蛍《ほたる》」

「かわいい名前だね。蛍ちゃんって呼んでもいい？」

「だめに決まってるだろう、椎名さん」

慌てて口を挟んだ校長の方は振り向きもせず、きさらは言った。

「じゃあ、お姉さんにするよ」

「それもだめだ。仲田さんにしなさい」

「『お姉さん』で構いませんよ、校長先生」

仲田が微笑むと、きさらは「それが一番呼びやすい！」とはしゃいだ。宝生の「ベビーフェイス」よりも「お姉さん」の方が少女の心に響くのか、仲田が纏うふわりとした雰囲気に心を許したのか、あるいは。

――ネグレクトのせいで、大人の女性に甘えたいからか。

テーブルを挟み、きさら、校長と向かい合ってソファに座った。仲田から見て、宝生は右、真壁は左だ。質問を主導するのは仲田ということで了承している。

「今日来たのは、お母さんについて知りたいことがあるからなの。この前、おじさんたちにも話したと思うけれど、もう一度訊かせて」

今し方はしゃいでいたのが嘘のように、きさらの顔はみるみる強ばっていった。仲田は安心させるように微笑み、十一月二十八日深夜の椎名のアリバイについて訊ねたが、きさらの答えは先日と大差なかった。

何日か前から体調が悪くて、二十八日も学校を休み、朝から寝ていた。その夜、目を覚ましてしまった。そうしたらお母さんが、卓袱台でうとうとしていた。そのせいで、テレビではスポーツニュースをやっていた。よく知らないけれど、野球選手の特集だったと思う。しばらくしてアナウンサーが、日付が二十九日になったと言った。レコーダーの電源が入っていなかったから録画ではない。二十九日は熱がだいぶ下がって軽く掃除したから、その日と勘違いしたこともない。二十八日より前だと、アナウンサーが二十九日になったことを告げる映像は録画できない。どう考えても、あれは二十八日で間違いない。

——五日前と、あまりに内容に変化がない。

少女の話を聞きながら、真壁は思った。淀みない語りは、台本を頭にたたきこんでしゃべる子役を思わせた。母親に虐待され、台詞を——即ちアリバイ証言を強要されているのでは。その疑念はますます強くなっていったが、

「——話はこれで終わり。いい加減、信じてよ」

決然と胸を張る姿から察するに、嘘だとしても認めさせるのは容易ではなさそうだ。

現状、娘の証言が嘘だと証明できる証拠――目撃情報や防犯カメラの映像などは見つかっていない。母親の話と矛盾がない以上、身内の証言でも一定の証拠能力はあると言わざるをえない。上司《うえ》も、強引に口を割らせるような捜査は認めないだろう。それで椎名の自白を得ても裁判でひっくり返されるだろうし、世論の批判を招きかねない。相手が「社会的弱者」であるシングルマザーなら、なおさらだ。

仲田はどうするつもりだろう。一刻も早く真相を突きとめねば、という焦燥とは別に、刑事としての好奇心が湧き上がる。

果たして仲田は、きさらの視線を正面から見つめ返して言った。

「目が覚めて、お母さんがいたときにどう思った？」

予期せぬ質問だった。問われたきさらだけでなく、宝生も校長もきょとんとしている。仲田は答えを促すことなく、見守るような眼差しできさらを見つめ続ける。

「どうって……」

きさらは質問の意味を反芻《はんすう》するように、何度も瞬《まばた》きした末に答えた。

「うれしかったよ。小五なのにかっこ悪いけど、お母さんは夜、家にいないことがあって、さみしいから。小三くらいまではすぐ寝ちゃってたから、そんなことなかったけど」

「いまは眠れないの？」

「うん。寝ようと思っても、なかなか寝つけない。真っ暗な部屋で夜一人きりなのは、正直さみしい」

目を伏せるきさらは心細そうで、実年齢よりずっと幼く見えた。気が強そうな子だと思っていたが、こんな顔もするのか。

「きさらちゃんは、お母さんが大好きなのね。でもいまの家に引っ越しする前、お母さんがきさらちゃんに冷たいシャワーを浴びせていたかもしれない、と言っている人がいるの。『あたしは悪くない！』という叫び声を聞いたという話もあるわ」

単刀直入の物言いを目で咎めたが、仲田は意に介さない。

「私は、きさらちゃんがお母さんにひどいことをされているかもしれないと思っている。二十八日の夜のことも、無理やり嘘をつかされているんじゃないかと思っている。

このおじさんたちはちゃんと言わなかったそうだけれど、お母さんは人を殺したかもしれないと疑われているの。だから、お母さんが二十八日の夜、どこにいたか確かめる必要がある。隠していることがあるなら、本当のことを話してほしい――亡くなった人のためにも」

「仲田」

「優しすぎるのでは」と案じていただけに、直接的な物言いに驚かされた。さすがにとめようとしたが、仲田は真壁を一顧だにせず、きさらを見つめ続けている。身を屈め、少女と視線の高さを同じにして。

仲田は、椎名きさらを子どもではなく、大人のように扱っている。表層的なものではなく、本当の意味で。

俺にはできないことだ——見つめていると、きさらはこれまでとは異なる反応を示した。

「亡くなった人のため……そうだよね。人殺しはいけないことだもんね……」

惚けた声で、真壁たちが目の前に存在しないかのように、きさらは呟く。つり気味の目は、小刻みに揺れている。真実を口にする——真壁だけでなく、宝生も拳を握りしめたことがわかった。

しかしその途端、きさらは我に返ったように目を見開き、首を何度も横に振る。

「あたしは『あたしは悪くない！』なんて言ったことはない。お母さんにひどいことをされてもないし、二十八日のことも嘘は言ってない。お母さんは、ずっと家にいた」

先ほどよりも決然と言い切る少女の瞳は、はっとするほど澄んでいた。「亡くなった人のため」と言われてもなお、こんな瞳をするとは。

椎名に虐待され、アリバイ証言を強要されている——ほとんど確信に近かった推理が、はっきりと揺れた。

「冷たいシャワーは？」

「それも知らない」

「本当に？　なにか隠してない？」

「隠してない」

仲田の問いを立て続けに否定し、きさらはすっくと立ち上がる。最初に仲田と接した姿とはまるで違う、頑なな態度だ。

「もういいでしょ。授業も始まっちゃったし、そろそろ行く」

「待ちなさい、椎名さん。勝手に――」

「いえ、もう大丈夫です。ありがとう、きさらちゃん」

いまはこれ以上訊いても無駄と判断したか、仲田は校長を遮った。きさらに二言三言声をかけて見送った校長は、大きなため息をつく。

「椎名さんについては、去年の担任から報告を受け、気にかけてはいました。お母さんは学校行事にほとんど参加してくれませんし、本人は授業中、寝てばかりだとか。『小四の壁』にぶつかったのかもしれません」

聞き慣れない単語だった。仲田は頷いたが、真壁は宝生とそろって怪訝な顔をしてしまう。

校長が説明する。

「小四くらいから、抽象的な概念を思考する力が必要になってきます。特に算数の文章問題で、この傾向が顕著です。小三までに学力を積み重ねてこなかった子は、これがなかなかできない。すると勉強についていけなくなって、やる気をなくしてしまうんです。学校としてもなんとかしたいのですが、現実問題としてなかなか手が回らなくて……。あくまで一般論ですが、生活に余裕がない家の保護者は子どもの学力に無関心で、あまり協力的ではありませんし」

かつての真壁だったら、「そんなもの、子ども自身がわかるまで先生に質問すればいい」としか思わなかっただろうが、いまは違う。

世の中には、そうした努力をする余裕もない子どもがいることを知っている。

校長が、うかがうように言う。

「冷たいシャワーや、椎名さんが『あたしは悪くない！』と言った話は事実なんでしょうか。本人は否定していましたが……」

「私はまだきさらちゃんのお母さんにお会いしていないので、判断はできません。ただ、お母さんからなにかされていないか、引き続き調べる必要はあるでしょうね。先日、様子に気をつけてほしい、とご連絡したとおりです」

仲田の慎重な物言いに、校長は弱々しく頷いた。

「正直、そこまで深刻に考えていませんでした。椎名さんには悪いことをした。改めて、担任と情報を共有します。子どものころ随分と苦労したそうで、教え子のことをよく考えているいい先生です。ほかにも問題を抱えている子がいて椎名さんのことにまで気が回っていないようですが、話せばきちんと対応してくれるでしょう」

きさら

「話はなんだった？」

トイレから出てきたところで、翔太に声をかけられた。あたしは肩をすくめる。

「先月の二十八日のことを、いろいろ訊かれた」

「なんで？」

「その日、川崎の方で殺人事件があったんだよ。なぜか、お母さんが疑われてるみたい。この前も警察が来たんだけど、改めて話を訊かれた」

「そんな話をするのに、みんなの前で椎名に声をかけるなんて。若田部先生は無神経だね。小芝みたいな奴の面倒を一生懸命見てるから、大人にはいい先生に見えるかもしれないけど」

「そんなにむっとしないで。それより、殺人計画がばれたかと思ってどきどきしたよ。なにか隠してないか訊かれたし」

「ぼろを出さなかった？」

「大丈夫だと思う。まだどきどきしてるから、あんまり思い出したくない」

お母さんのことをあれこれ訊かれているうちに、殺人が悪いことだと思い知りはした。それでも、あたしには殺人計画しかないんだ——万引きを見逃してくれたあのお姉さんだって、あたしがこんなことを考えていると知ったら、今度は許してくれないだろうけれど。

「先生には真っ直ぐ教室に戻るように言われたけど、落ち着くまでトイレに避難——」

うん？

「どうして翔太が廊下《ここ》にいるの？　授業中でしょ？」

「椎名が心配で、保健室に行くふりをして出てきた。そうしたらトイレに入るところを見たから、待ってたんだよ」

トイレから出てくる女子を待つなよ、と言いたいけれど、翔太は大まじめだ。

――まあ、うれしくなくもない。

「なんでお母さんが疑われていることを、俺に黙ってたんだ」

「だから、なんでいちいち翔太に言わないといけないんだよ。それに事件の夜、お母さんは家にいたの。犯人のはずない」

「アリバイがあるわけか」

事件が起こったときに「別の場所にいた」という証明をアリバイというのだと、殺人計画について調べているときに知った。

「警察が話を聞きにくるくらいだから、それなりに怪しい理由があるはずだ。なのにアリバイがあるということは、トリックが使われたのかもしれない」

トリックという単語に、教室に向かいかけた足がとまる。

あたしたちしかいない十二月の廊下は、冷たくて静かだった。音といえば、教室から漏れ聞こえてくる先生の声くらい。それに気がつくと、あたしの声は自然と小さくなった。

「お母さんは、トリックを使って完全犯罪をやったということ？」

「疑いが晴れてないなら、まだ完全犯罪とは言えないけどね」

「でも警察は、お母さんにアリバイがあると信じてくれた……」

「噂だと、椎名のお母さんはきれいなんだよね。お母さんを好きになった、だめな刑事が捜査しているのかもしれない。椎名のことを考えたら、一刻も早く捕まえないといけないのに」

　翔太が階段をのぼっていく。

「教室はそっちじゃないよ」

「いいよ、そんなの。お母さんのアリバイを検証しよう」

　投げやりな言い方が引っかかったけれど、黙ってついていく。

　三階の廊下の隅、屋上に通じる階段で、翔太は足をとめた。ここなら滅多に人が来ないし、少しくらい大きな声を出しても誰かに聞かれる心配はない。窓から隙間風が入ってきて寒かったけれど、翔太と並んで階段に腰を下ろしたら少しだけあたたかくなった。翔太のさらさらな黒髪がすぐ近くにあって、床の冷たさだってあんまり気にならない。

　遊馬先生から、朝起きたら顔を洗うことを教えてもらっていてよかった。

「アリバイトリックに関しては、有栖川有栖《ありすがわありす》の『アリバイ講義』という分析が有名だ。ほとんどのトリックが、この分析のどれかに当てはまると言われている」

「さすがミステリー好きだね。どんなやつ？」

「記憶力抜群の名探偵じゃないんだから、暗記なんてしてないよ。携帯で調べて」

そんなに複雑なのか。言われるがまま携帯で検索する。そうしたら、こんなことを書いているサイトを見つけた。

有栖川有栖のアリバイ講義

①証人に悪意がある場合
②証人が錯覚をしている場合
ⓐ時間
ⓑ場所
ⓒ人物
③犯行現場に錯誤がある場合
④証拠物件が偽造されている場合
⑤犯行推定時間に錯誤がある場合
ⓐ実際よりも早く偽装
ⓑ実際よりも遅く偽装
Ⓐ医学的トリック
Ⓑ非医学的トリック
⑥ルートに盲点がある場合
⑦遠隔殺人

ⓐ機械的トリック
ⓑ心理的トリック
⑧誘導自殺
⑨アリバイがない場合

確かに、こんなのとても暗記できないし、読めない漢字もあって意味がわからない。

あたしが首を捻っていると、翔太は言った。

「事件について知っていることと、警察や先生になにを訊かれたか教えて」

覚えているかぎりのことを話すと、翔太は携帯を覗き込んだ。

「犯行現場は川崎で間違いないだろう。『③犯行現場に錯誤がある場合』はない。物証がないから椎名にいろいろ訊いてきたんだろうし、『④証拠物件が偽造されている場合』もない。司法解剖したのに被害者の死亡推定時刻を間違えるはずないから『⑤犯行推定時間に錯誤がある場合』もない。それから――」

あたしが目を白黒させているからだろう。翔太は一旦、話すのをやめた。あたしは翔太が言ったことを思い出しながらディスプレイを一生懸命見て、補足でいろいろ説明を受けて、なんとか話を理解する。

「じゃあ、次。登戸にいながら川崎の方にいる人を殺すのはいくらなんでも無理だから、『⑦遠隔殺人』はない。『殺人事件』とはっきり報道されているんだから、『⑧誘導自殺』もない。殺人に見せかけた誘導自殺も考えられなくはないけど、ただでさえ難しい誘導自殺に、そこまでできるとは思えない」

今度はすぐにわかったので、自分でも考える余裕ができた。

「『①証人に悪意がある場合』というのは、犯人のために証人が嘘のアリバイを証言するということだよね。これもないよ。あたしはお母さんを殺したいけど、二十八日のことについて嘘は言ってない」

「本当に？」

「本当に！」

あの夜、あたしが目を覚ましたらお母さんが卓袱台でうとうとしていた。その後でアナウンサーが「二十九日になりました」と言ったから二十八日だった。絶対に間違いない。

大人は信じたか怪しいけれど、翔太は「わかった」と頷いてくれた。胸があたたかくなる。

残りは、②、⑥、⑨。どれもよくわからないけれど、なんとかなりそうなのは……。

「⑥の『ルート』になんとかっていうのは？」

「『ルートに盲点がある場合』。例えば、犯人が目撃された場所から犯行現場まで一時間かかるとする。でも実は三十分で行けるルートがあって、それを利用してアリバイをつくるというトリックだけど」

「ないね」

「ないな」

二人そろって頷く。登戸駅から川崎駅まで、電車は南武線しか走っていない。自転車や車で行ったら、もっと時間がかかるだろう。あ、でも。

「お母さんは、飛行機とかヘリコプターを使った……わけないか」

そんな乗り物は持ってないし、とめる場所もない。翔太は頷いてから言う。

「『⑨アリバイがない場合』は考えなくていいよ。犯人が主張するアリバイが実はアリバイとして成立していないのに読者はアリバイと勘違いしているとか、メタ的なパターンが多いから」

「メタ？」

「フィクションの構造を研究したり、お約束事を皮肉ったりするためのもの、くらいに考えておけばいい」

よくわからなかったけれど、無視してよさそうだ。

「そうなると、椎名のお母さんがトリックを使ったとしたらこれか」

②証人が錯覚をしている場合

「証人、つまりあたしが、なにか勘違いしているということ？」

「そうだね。『ⓐ時間』を錯覚させた可能性が一番高いと思う。『ⓑ場所』の錯覚なら、椎名が目を覚ました場所が実は家じゃなかったことになるけど」

「ありえない。あそこは絶対に、あたしの家だった」

「だよね。犯行現場の近くにそっくりな部屋を用意できれば被害者を殺してすぐに戻ってこられるけど、現実的じゃない。そこまで気づかれずに椎名を連れていくことも無理だ」

「『ⓒ人物』というのは？」

「犯人が替え玉を使った場合。今回のケースなら、椎名がお母さんだと思った人がそっくりな誰かで、本物のお母さんは川崎で犯行を行っていた、ということになる」

「それもありえない。誰かが変装してたら、さすがにわかるよ」

「だろうな。ⓐとⓑとⓒを二つ以上錯覚させるパターンも考えられるけど、ⓑとⓒがありえない以上、無視していい。やはり『ⓐ時間』の錯覚だ。椎名はなんらかの方法で、お母さんを目撃したのが二十八日の夜だと思い込まされている」

「でも、二十八日の夜で間違いないよ。アナウンサーが『二十九日になりました』とはっきり言ったんだから」

「でも、ほかのパターンはもっとありえないし……」

翔太は腕組みをして、目を閉じた。寝ちゃったんじゃないかと思うくらい、そのまま動かなくなる。床の冷気が染み込んできて、さすがにお尻が冷たくなってきた。

「翔太？」

　小声で呼びかけると、翔太はゆっくり目を開いた。

「椎名が見たテレビが、録画だとしたら？」

　真剣な顔をした翔太には申し訳ないけれど、肩ががくりと落ちた。

「十一月二十八日の夜、お母さんは椎名が寝ているのを確認すると、ニュースを予約録画して家を出た。それから川崎まで行って、被害者を殺害。時刻は、日付が変わる少し前くらい。家に戻ると時計の針をいじり、テレビをつけて椎名が起きるのを待つ。自然に起きなかったら、物音を立てて起こすつもりだったんだと思う。そうすることなく、椎名は目を覚ました。そのタイミングで、録画していた映像を再生する。これで椎名に、二十八日深夜十二時前だと錯覚させることができる」

「レコーダーの電源が入ってなかったから、録画じゃなかったんだってば」

「いつも使っているものとは違うレコーダーを、椎名から見えないところにセットしておいたんだよ」

　え？

「あんまり離すとケーブルが目立つから、たぶんテレビの裏だろう。これなら椎名はレコーダーの電源が入ってないと思って、映像が録画だと気づかない。『②証人が錯覚をしている場合』の『ⓐ時間』の錯覚が成立する」

　もう一台のレコーダー――これがお母さんのトリック――すごい、翔太！　アリバイが崩れた。あとはお母さんが捕まれば、あたしはほかの家の子に――いや。

「すぐ警察に電話しよう」

「たぶん、そのトリックは使われてない」

あたしの手から携帯を奪い取ろうとする翔太に、そう言うしかない。

「二十八日から何日か経った後――遊馬先生たちが来た日だから三十日か。あたしはテレビの裏を掃除したの。そのとき、埃が溜まっているのを見た。翔太が言ったトリックが使われたなら、あんな風になっているはずがない」

翔太は携帯に手をかけたまま、しばらく動かなかったけれど。

「……間違いないと思ったんだけどな」

力なく呟き、携帯から手を放した。あたしは、ゆっくりと首を横に振る。

「あの夜、お母さんは家にいたんだ。トリックなんて使われてないんだよ」

「さっきも言ったけど、警察が話を聞きにきたくらいだから、なにかあると思うんだけど。そもそも被害者とお母さんの間には、どんな関係があるの？」

「わからない。登戸に引っ越してからの知り合いではなさそうだけど、お母さんが昔どこでなにをしていたのか、よく知らないし」

「そっち方面からも手がかりはなし、か」

翔太は、ため息をこらえるように唇を噛みしめる。

「お母さんが、俺たちの想像もつかないようなトリックを使っていて、犯人だったらいいのに。それさえ見破って警察に捕まえてもらえば、椎名は殺人計画を実行しないで済むのに」

「トリックなんてなさそうじゃん。残念だけど、犯人じゃないんだよ。あたしがほかの家の子になるには、殺人計画しかない」

本当は、口で言うほど残念だとは思っていなかった。むしろ安心していることに驚く。自分の手でこれまでの仕返しをしたくて仕方がない、ということなのかな?

翔太が、考え考え言う。

「今夜、お母さんは家にいる?」

「ううん、夜勤。明け方まで帰ってこない」

「だったら、今夜、椎名になにかしてくることはないな。殺人計画のことは、一晩だけ忘れてほしい。お母さんが本当にアリバイトリックを使ってないか、もう一度検証してみる。なにか見落としがある気がするんだ」

「警察でもわからないのに?」

「子どもの方が柔軟な発想ができるから、こういうことを考えるのには向いていると思う」

翔太は、こわいくらい真剣な顔をしている。やっぱり、あたしにお母さんを殺させたくないんだ。

「わかった」

にっこり笑顔で、あたしは嘘をついた。

真壁

校長に見送られ、校舎を出て少し歩いたところで「あの……」と声をかけられた。振り返ると、きさらと同い年くらいの少女が立っている。チェック柄のかわいらしいスカートに目を引かれ気づくのが遅れたが、靴は上履きのままだ。しかも、いまは授業中。よほど話したいことがあるのかと思ったが、少女は口ごもっている。

「あの……あの……私……」

「西原礼奈《れな》ちゃんよね。先週、パトロールで礼奈ちゃんのお家《うち》に行った仲田です」

「……覚えていてくれて、うれしい」

少女──礼奈が、はにかみながら微笑んだ。ノビージョに勤務している西原の娘らしい。

近づいた仲田が視線を合わせようと膝を屈めると、礼奈は顔をひきつらせて後ずさった。

「どうしたの？」

「ど……どうもしてない……。ただ、ええと……トイレに行くふりをして授業を抜け出したら……仲田さんたちが、校長室から出てくるところを見たの。その前は、椎名も……。それでもしかして、あの……椎名が、言いつけたんじゃないかと思って……」

「なにを？」

「……私と、喧嘩したことを」

真壁の膝から力が抜けかけた。そんなことのために授業を抜け出すとは。

「君の話は出なかったよ」

宝生が安心させるように微笑むと、礼奈は大きな目を細くした。

「だよね。椎名は、そんな奴じゃないよね――教室に戻ります。ありがとうございました」

礼奈は一礼すると、逃げるように校舎に入っていった。

「どんな喧嘩をしたんでしょうね」

苦笑する宝生に、真壁は応じる。

「言いつけられることを、あんなに怯えているんだ。喧嘩とは名ばかりで、あの子が一方的になにかしたんじゃないか。子どもの喧嘩に大人が口出しするものじゃないし、それより事件だ。次は椎名に話を聞きにいくだろう？」

最後は、仲田に向けた言葉だった。仲田は答えず、礼奈が入っていった校舎を見つめている。

「仲田？」

「すみません。そうですね、椎名さんの家に行きましょう。私に質問を担当させてください」

登戸南小学校を出た。椎名の家に向かいながら、仲田は右手中央の指を三本立てる。

「椎名さんのアリバイについては、三つの可能性が考えられます。
①きさらちゃんは本当のことを言っている
②きさらちゃんは椎名さんに嘘を言わされている（嘘を言っているうちに本当だと思い込んでしまった場合も含む）
③きさらちゃんは椎名さんに騙されている」
「③の場合は、椎名がトリックを使って、娘に『アリバイがある』と信じさせているということか。机上の空論じゃないか。ミステリーじゃあるまいし、アリバイトリックなんてあるはずない」

真壁は、些細な偽装工作ならまだしも、ミステリーに出てきそうな「アリバイトリック」なるものに出くわしたことはない。ほとんどの刑事がそうだろう。

「椎名にはマインド・コントロールからの解放という動機があるし、②が濃厚だ」

力強く言い切った真壁だったが、宝生は首を横に振った。

「私も②が最有力だとは思います。ただ、きさらちゃんは、仲田さんに『お母さんが人を殺したかもしれない』と言われても、あんなに澄んだ目をしていたんですよ。いくら親とはいえ、殺人犯をかばっているならもう少し後ろめたそうにするのではないでしょうか。思い込んでいたとしても、我に返るのでは。①の可能性も捨て切れないと思います」

　また椎名をかばう気か、とは思ったが、きさらの目については真壁も同じ印象を抱いたので頷くしかない。

「『きさらちゃんが本当のことを言っているのに、椎名が犯人』の場合は③、即ち、椎名はアリバイトリックを使ったことになるわけか。机上の空論だとは言ったが、きさらちゃんが『ぼんやり』していたことを利用したと考えられなくはないな」

「あの子が『ぼんやり』していたのは、熱のせいです。そんな不確かなものに頼るでしょうか。熱が下がっていたら『ぼんやり』はしないし、川崎に行っている間に目を覚まされたらおしまいですよ」

「どうあっても椎名を白《シロ》にしたいんだな」

「そんなことは……」

「すまない。もっともな指摘なのに、意地の悪い言い方をしてしまった」

　真壁は軽く頭を下げてから仲田に問う。

「君は、どう思っているんだ？」

「椎名さんに会ってから判断させてください。ただ、きさらちゃんのことは心配です。本人は否定していましたが、市ヶ谷さんの証言が本当なら、虐待か、それに近いことをされている可能性は高い。きさらちゃんは冷水シャワーについて訊ねたらすぐに話を切り上げましたし、なにか隠していることは間違いありません」

「確かにな」と頷いた後、真壁は気になっていたことを訊ねる。

「きさらちゃんを見たとき、驚いたようだったな。あの子と面識があるのか？」

ありえない話ではないと思えた。きさらを見た瞬間、わずかではあるが仲田の両目が広がったことや、互いに「初めまして」と言いながら初対面とは思えないほど打ち解けていたこと。根拠はある。

「──いいえ」

答える前にわずかな躊躇があったように感じられたが、仲田は否定した。

「ただ、きさらちゃんは、私が思っていた以上に追い詰められているのかもしれません。真壁さんから話を聞いたとき、無理にでも動くべきでした。彼女のことをもっと詳しく聞いていれば、そうしたのに。補導歴の有無を訊くだけで済ませたのは浅はかでした」

眉間にしわを寄せる仲田の口ぶりは悔しそうで、やはり、きさらと初めて会ったばかりとはとても思えなかった。

あの少女の境遇を、あれこれと想像したからだろうか。


アパートに着くと、買い物袋を持った椎名が部屋の鍵を開けようとしているところだった。後ろ姿ではあるが、黒いパンツに包まれた長い脚は見間違えようがない。

「椎名さん」

真壁が後ろから呼びかけた途端、椎名は買い物袋を地面に落として悲鳴を上げた。静かな周囲に、その声は大きく響き渡る。勢いよく振り返った椎名の形相は、鬼と化していた。顔立ちが整っているだけに、たじろぐほどの凄みがある。

「……なんだ、刑事さんか。いきなり話しかけないでよ」

疚しいことがあるから驚いているのでは？　疑念を抱く真壁に、椎名は形相から鬼が抜け切らぬまま笑みを浮かべる。先日の妖艶な微笑みとはまた違った魅力があった。宝生を横目で見ると、表情を硬くしている。動揺を隠しているようで、却って痛々しい。見ていられなくて視線を逸らすと、椎名は言った。

「で？　またなにか？」

「遠山さんの件で、もう一度お話をうかがいたくて参りました。今日は、こちらの仲田が質問を担当します」

「初めまして。仲田と申します」

「へえ。こんなにちっちゃいのに警察官なんだ。びっくり」

「よく言われます」

ふんわり微笑む仲田に、椎名の表情が少しやわらぐ。

椎名は「どうぞ」と真壁たちを部屋の中に入れると、コートを脱ぎ、前回と違って「飲み物を出すから待ってて」と言った。よほど動揺しているのか、靴を脱ぐのに手間取っている宝生を残し、真壁と仲田は和室に入った。二回目の訪問となると門前払いされる可能性もあったので、密かに胸を撫で下ろす。

しかし冷蔵庫の扉が開かれて中が見えた途端、声を上げそうになった。コーヒーや牛乳の二〇〇ミリリットルパックが、一目では数え切れないほど大量に詰め込まれていたからだ。一リットルのパックを買った方が、はるかに経済的だろうに。生活に余裕がないのに、こんなことをするとは。いや、なにも好き好んで無駄遣いをしているわけではあるまい。

「一リットルのパックを買う」という発想がないのだ。

――椎名さんは、どこかずれているというか、話が嚙み合わないというか、不安定というか。

西原の言葉を思い出さずにはいられない。

宝生が遅れて和室に入ってくる。狭い部屋は、大人四人で一杯になった。

椎名は、真壁たちに飲みたいものを訊ねることなく、二〇〇ミリリットルのコーヒーパックを三つ、卓袱台に置いた。自分は、買い物袋から取り出したコーラのペットボトルを飲み始める。掃除が行き届いた室内で、床に脱ぎ捨てられたコートと乱雑に置かれた買い物袋は異質だった。

この整然とした室内は、娘が親からなに一つ教わらず、自分で調べて掃除させられた結果かもしれない――仲田の指摘を思い出し、胸がざわつく。

「で、なんの話ですか？　オーナーについて話せることは、この前話したけど」

卓袱台に右肘をつく椎名に、仲田は切り出す。

「実はラバーズXで働いていた人に話をうかがって、『従業員が遠山さんに感謝しているのはマインド・コントロールを受けているから』という情報を得たんです」

椎名の口許に苦笑が浮かぶ。

「そういう話をしたのは、市ヶ谷さんじゃない？」

「お答えできません」

「あ、そう。どうせ市ヶ谷さんしかいないから、あの人だと決めつけて答えるね。そうです。私はオーナーにマインド・コントロールされて、恩人だと思い込まされてました。

市ヶ谷さんに教えられる前から、これでなんとなくおかしいとは思ってたんだ」

椎名が、セーターの左袖を捲る。

手首と平行に刻まれたいくつもの線が――リストカットの痕が露になった。古い傷なのに、いまにも血が噴き出しそうなほど生々しい。椎名は慣れた様子で、右手の人差し指でそれをなぞる。

「知ってると思うけど、リストカットを繰り返すメンヘラ風俗嬢って、客にうざがられて商品価値が下がるの。私もその例に漏れなかったんだけど、ほかの子よりはずっと稼いでたのよ。なのに、いきなりクビになった。オーナーは『綺羅が辛そうだから』なんて同情しているようなことを言ったけど、『メンヘラがいる店』って噂が広まるのが嫌だったんでしょ。あ、この前は円満退社みたいなこと言ったけど、あれは嘘でーす」

悪びれることなく言う椎名に、真壁は顔をしかめる。

「困りますね、そういうことは。リストカットを繰り返したのは、仕事が辛くなったからですか？」

「あのときは自分でもわからなかったけど、そうだったんだろうね。『風俗嬢が天職の女性もいる』なんて、もてない男の妄想。いるとしても例外中の例外よ。刑事さんだって、毎日違う女のリクエストに答えながらセックスばっかりしてたら心を病むと思わない？」

あっけらかんと口にされた「セックス」という単語に、ますます顔をしかめてしまう。椎名は、真壁の反応を楽しむような笑みを浮かべてから、仲田に顔を戻す。

「クビになった時点では、なにかおかしいと思いつつもオーナーを信頼していた。でも市ヶ谷さんの話を聞いて、段々と目が覚めていったの。時間はかかったし、認めたくもなかったけどね」

「この前、そのことを真壁たちに話さなかったのはなぜです？」

「すなおに話したら、オーナーを殺す動機があると思われるから。警察なんて、どうせ風俗嬢はろくな人間じゃないと決めつけているだろうし」

自虐的なことを言う椎名に、焦りや動揺はなかった。殺人の動機につながりかねない情報を突きとめられたのに、なぜだ？　理由がわからないでいるうちに、仲田が改まった口調で切り出す。

「マインド・コントロール以外にも、どうしても確かめなくてはいけないことがあります。あなたがきさらちゃんを虐待しているかもしれない、という話です」

「は？　なに、それ？　意味わかんないんですけど？」

「ここに引っ越す前のアパートで、あなたの部屋から『あたしは悪くない！』という声が聞こえたという人がいます。シャワーと子どもの泣き声を聞いた、という証言もありました」

　仲田は、きさらがなんと答えたかだけではなく、本人に質問したこと自体話さない。椎名の反応をうかがうためだ。

　椎名はどう応じるか。全身に緊張が走ったが、椎名は「あはは」と快活な笑い声を上げた。

「それなら覚えがある。躾で、娘にちょっとシャワーを浴びせたことがあるの。もちろん、風邪を引いたり、火傷《やけど》をしたりしないように水温は調整しましたよ。一度、娘がふざけて『あたしは悪くない！』と叫んだこともあったっけ。それを聞いた人がいるんじゃないかな」

「あたしは悪くない！」発言を否定したきさらと、証言が異なる。椎名からすると、きさらがそう発言したと認めては、いくら「ふざけていた」と言い張っても立場が悪くなる。嘘をつくなら、発言そのものを否定するはず。そうしないということは、椎名が正しく、きさらは覚えていないということか？　否定する余裕もないほど動揺しているのかもしれないが……。

仲田も椎名母娘《おやこ》の齟齬を疑問に思ったに違いないが、それには触れず話を進める。

「椎名さんは躾のつもりでも、きさらちゃんにとっては苦痛だった。本当はふざけてなんていなかった、とは考えられませんか。だとしたら、れっきとした虐待ですよ」

表情も口調も穏やかではあるが断定する仲田に、椎名はわずかにたじろいだ。が、すぐに首を横に振る。

「貧乏人には貧乏人のやり方があるの。知りもしないくせに、余計な口出ししないでよ」

――虐待している親の典型的な言い分だな。

真壁がそう口にするのを懸命に自重していると、仲田は言った。

「その言い方からすると、失礼ですが暮らしは楽ではないようですね」

「見たらわかるでしょ」

「それなら、福祉事務所に相談に行ってみてはいかがでしょうか。いざとなったら生活保護を受けるという手もありますよ」

「失礼な。私に恥をかかせる気？」

思いのほか強い語気が返ってきた。

「恥なんてことはありません。生活保護を受けることは、国民にとって当然の権利です。国連も、日本は生活保護受給者への偏見が強すぎるから改めるように勧告しています

──と理屈で説明されても、簡単には受け入れられないかもしれませんけれど」

やわらかな表情のまま眉根を寄せる仲田に、椎名は「そうそう」と顔をしかめた。

「誰がなんと言おうと、生活保護なんて受けたら『生保《ナマポ》』とばかにされるから絶対に嫌。そもそも、私なんて遊ぶ金ほしさで家出して高校をやめて風俗で働いてたんだから、受けようとしても門前払いされるだけだよ──あ、私は十代のころから身体を売ってました。この前は裏方しかやってなかったと言ったけど、あれも嘘ね」

十代から男に──。この部屋に入ってから、初めて宝生を見遣る。相変わらず表情が硬いままだ。椎名があっけらかんと口にした事実に、動揺しているのか。それを見て取った椎名が「刑事さん、どうしたの？」とわざとらしく小首を傾げた。宝生をからかっているとしか思えない。それを妨げるように、仲田が首を横に振って言う。

「生活保護を受けていることは、周りに隠すことができます。生活が苦しくなった理由を問われることもありません。福祉事務所に相談してみませんか。生活保護でなくても、ひとり親家庭を支援してくれる仕組みはありますよ」

「まあ、そのうちね」

「そのうち」が永遠に来ないことは明らかだった。生活保護を受けるとなると、資産状況や、扶養してくれる親族の有無などを徹底的に調べられることになる。それが屈辱なのだろうか。

「それより刑事さん、真っ赤になってるけど、どうしました？」

「あなたは躾のつもりでも」

再び向けられた矛先から宝生を守るべく、真壁は話に割り込んだ。

「きさらちゃんに随分と厳しいことは間違いない。そうやってあの子を支配して、アリバイ証言を強要したとも考えられます」

「つもりもなにも、躾です。あの子もそれは充分わかっているはず」

「しかし、あなたには『マインド・コントロールから覚めた』という遠山さんを殺す動機がある。あなたがキレやすい性分だと証言した人もいます。警察《われわれ》としては、娘さんの証言しかないアリバイは疑わざるをえない」

「ほら、決めつけてきた。だから隠したかったのに。でもねえ、刑事さん」

卓袱台に肘をつき、組んだ両手に顎を乗せた椎名は、口の両端を艶然とつり上げた。

「マインド・コントロールされていたとわかったところで、私がオーナーを殺すはずありませんよ。騙されていたんだから、もちろん憎いです。でも、殺す暇があったら働きます。貧乏人にはね、恨みを晴らしている余裕なんてないんですよ」

「そんなの、人それぞれでしょう」

「市ヶ谷さんから聞いたならわかると思うけど、私がマインド・コントロールに気づいたのは、もう何年も前ですよ。なのに、どうしていまさら殺すんです？」

「長年の恨みが積もりに積もって、我慢できなくなったのかもしれません」

「いつも疲れ切っているから、仕事がないときは家でぐっすりで、殺しに行く気力もありませんけどね」

「反論になってませんね」

真壁は返したが、椎名の言い分も理解はできた。動機を見つけたと思っていたが、弱いと言えば弱い。加えて一応のアリバイがある以上、逮捕まで持っていくのは至難の業だ。

いや、アリバイは「一応」なのか？

「私にオーナーを殺す動機がないことはわかりましたよね。もうアリバイを疑う必要もないでしょ。どうしても気になるなら、何度でも娘に確かめてください。時間の無駄になるだけだから、おすすめはしないけどね」

ここまで自信に充ちているのだ。娘も殺人犯をかばっているとは思えない澄んだ目をしていたし、アリバイは嘘ではないのでは。椎名は犯人ではないのでは。

心が傾きかけた真壁の鼓膜をかすめたのは、宝生の呟きだった。小声な上に早口だったので、椎名には聞き取れなかったらしい。「なにか言った、刑事さん？」と訊ねる椎名に、宝生は「いえ」と首を横に振ってごまかす。しかし真壁には聞こえた。宝生は、確かにこう言った。

「動機はある」

まじまじと宝生を見つめる。表情はますます硬くなり、いつの間にか耳たぶまで赤くなっている。

宝生がこうなっているのは、椎名に手玉に取られているからではない。椎名が犯人で、あることを示すなにかを見つけたからなのか？

しかし仮に動機があったとしても、アリバイは崩せていないはず。どういうことだ？

真壁の視線に気づくことなく、宝生はテレビの方を凝視したまま動かない。

椎名は、わざとらしいあくびをした。

「そろそろいいですか。今夜は夜勤だから、シャワーを浴びて、少し寝ておきたいんです。あんまりしつこいと、人権団体とかマスコミに訴えますよ。元風俗嬢のシングルマザーを殺人犯と決めつける警察は、どんな目で見られるでしょうね」

「ご心配には及びません。そろそろ、お暇《いとま》するつもりでしたから」

仲田に促され、真壁は戸惑いつつも立ち上がった。しかし、宝生は動かない。

「行くぞ」

促すと、宝生はテレビの方を見ながら立ち上がった。いや、見ているのはテレビではない。

その脇に置かれた、カラーボックスだ。

「なにか気づいたのか？」

椎名の部屋を出て少し歩いたところで、真壁は宝生に詰め寄った。宝生は依然として表情を変えず、なにも答えない。意思をどこかに置き忘れてしまったかのように、黙々と脚を動かし続けている。

「なにか気づいたのか？」

「少しだけ、一人にさせてください」

再度の問いかけに、宝生は答えになっていない言葉を返してきた。

「このタイミングで単独行動なんて――」

「行かせてあげましょう」

仲田が言い終える前に、宝生は礼も言わず、真壁たちを見向きもせず立ち去っていく。

「待て、宝生。勝手なことは――」

「真壁さん」

仲田に肩をつかまれる。小柄で華奢な体軀からは意外なほど強い力に、一瞬だけ気勢を削がれた。が、すぐに勢い込んで言う。

「宝生の様子は普通じゃなかった。椎名のために、なにかしでかすつもりかもしれない。最悪、逃亡の手助けをすることだってありうる」

「わかっています。大丈夫だとは思いますが、念のため伊集院管理官に頼んで、椎名さんの家を監視してもらいましょう。宝生さんがなにかしようとしたら、すぐにわかるはずです」

「そんなことをするくらいなら、俺があいつの後を追って――」

「あまり意味がありません。宝生さんがなにかするつもりでも、時間をかけて、慎重に打つべき手を組み立てるでしょうから」

「だからといって」

仲田が肩から手をはずすのと同時に、真壁は荒々しく息をついた。

「マインド・コントロールからの解放という動機は、椎名の言うとおり確かに弱い。アリバイが、あそこまで自信満々なことも引っかかる。娘に嘘をつかせているだけであるなら、能天気にもほどがある。宝生が望んだとおり、椎名に白《シロ》の可能性が出てきたということだ。なのに、あの態度はなんだ？　動機に思い当たったようだし、カラーボックスの方を見ていたようだが」

「見ていたのは、カラーボックスの中にある睡眠薬の箱でしょうね」

睡眠薬？　その意味を咀嚼《そしゃく》する前に、仲田は言う。

「私の方も、椎名さんを追い詰める準備を進めます」

ということは。

「真相がわかったのか？」

「まだ確信はしていませんが。私はこれから、きさらちゃんが心を開いている友だちをさぐってみます。真壁さんにもお願いしたいことがあります。時間がかかるでしょうが
——」

きさら

日付が変わって七日水曜日になっても、あたしは寝ることなく、ぺったんこの布団に仰向けになってぼんやりしていた。

ただでさえ給食の後の五時間目はいつも眠たくなるのに、翔太と一緒にお母さんのアリバイトリックをあれこれ考えたせいで、頭が疲れ切っていたのだ。家に帰ると、お母さんに「今日は夜勤だから先に寝ててね！」と抱きしめられたけれど、まともに返事ができなかった。

お母さんはなぜかやたら上機嫌で、そのことには全然気づかなかったけれど。

お腹が空いた。でも冷蔵庫に入っているのは、飲み物のパックだけだ。買い物に行く気力もないから、後で牛乳でお腹を膨らませるしかない。

お母さんがご飯をつくってくれないどころか、食材も買ってくれない。こういうのもネグレクトなんだろうな。お母さんにも、なんの疑問も持たずに生きてきた自分にも腹が立つ。

この怒りを殺人計画にぶつけてやる——決意を新たにすると、少し頭がはっきりしてきた。

事件が起こったこと自体を隠すのが理想だけれど、それは難しい。自殺や事故に見せかける方法も思いつかない。

だったら、アリバイトリックはどうだろう？

お母さんのアリバイは本物としか考えられないけれど、あれでも大人なんだ。翔太が言ったとおり思いもよらない方法で、アリバイ講義で最後まで残った可能性「②証人が錯覚をしている場合」の「ⓐ時間」の錯覚を実現したのかもしれない。それを真似すれば……例えば、翔太に時間を錯覚させて、お母さんが死んだ時間に「椎名と一緒にいた」と証言させて……いまのあたしみたいにぼんやりしていれば、時計をいじっても気づかないかもしれない。そういえばあたしも、あの日は風邪でぼんやりしていた。でも熱は下がりかけていたから、日にちや時間を間違えるはずがない。それらを間違えるほどぼんやりさせるには、どうしたらいい？　いや、翔太なら、そんなことしなくても証言してくれそう……それにいま、お母さんのトリックを考えてくれている……翔太ならきっとトリックを見破るから、それを使って一緒にお母さんを……だめだ、翔太を巻き込んだら……でも、それができたらあたしもほかの家の子になって、翔太と……。

翔太の姿が思い浮かぶ。

――よかったな、椎名。これでもう、君が殺されることはない。俺たちの子どもに、君がお母さんみたいなことをすることもない。

なんだよ、俺たちの子どもって！　顔を真っ赤にしていると、いつの間にか翔太の姿が消え、お父さんになっていた。お父さんは写真と違って、とてもかなしそうな目をしている。

——どうして約束を破ったんだ。お母さんを支えてあげてくれと約束したのに、殺すなんて。

仕方ないじゃん。あのままだったら、あたしが……。

＊

目が覚めた後も、しばらく夢だとわからなかった。いつの間にか眠っていたらしい。冬の隙間風が入り込む室内は、ストーブもつけていないので冷凍庫の中みたいに冷え切っているのに、全身が汗でびっしょりだ。

胸を上下させながら、ゆっくり半身を起こす。カーテンの隙間から見える外の世界は、まだ太陽が完全にはのぼり切っていなくて、薄い青色に染まっていた。車がひっきりなしに走る大通りに面しているので、ヘッドライトが音とともに、青を頻繁に切り裂いていく。

あんな夢、気にすることはない。別に本物のお父さんが現れたわけじゃない。深く考える必要はない。

でもお母さんが帰ってきたら、顔を合わせづらいな。おかしな態度を取ったら、殺人計画がばれてしまう。気をつけないと。

それは、いらぬ心配だった。

太陽がのぼって外が白くなっても、お母さんは帰ってこなかった。

昨日の夜はお風呂もご飯も逃したので、シャワーを浴び、二食分の牛乳でお腹を膨らませて学校に行った。お母さんが朝になっても帰ってこないのは初めてではない。お父さんの夢を見た後だから、むしろほっとする。

昇降口に入ると、翔太が靴を脱いでいるところだった。

「おはよう、翔太」

当然、お母さんのアリバイトリックの話になるだろう。ほかの人たちが次々に登校してくるので、声をひそめて挨拶する。

でも翔太はあたしの方を見ず、「おはよう」とあたしよりも小さい声で返しただけで、教室に続く階段をのぼっていった。

その後も、翔太は休み時間の度に机に突っ伏し、声をかけられなかった。放課後も、帰りの会が終わるとすぐ、駆け足で教室から出ていってしまった。

どうしたんだろう。昨日、さよならするまでは普通だったのに。

いや、そうだろうか？　いま思うとなんだか強引だったし、授業をさぼったのもらしくなかったんじゃないか？

首を傾げながら、あたしも家に帰った。お母さんが寝ていると思ってそっとドアを開けたけれど、まだ帰ってなくて、部屋の中は静かで冷たかった。

　心置きなく殺人計画を考えるチャンスだ。翔太を巻き込みたくなかったから、今日話をしなかったのはちょうどよかったとも言える。

　さあ、昨日の続きでアリバイトリックを考えるぞ！

　張り切ってはみたものの、なんだか集中できなかった。時計の針が進んでも進んでもお母さんが帰ってこなくて、集中力がさらに減っていく。久々に、虫歯も痛み出す。

　夜七時になった。

　いくらなんでも、こんな時間まで帰ってこないのはおかしい。

　お母さんの携帯に電話したけれど、呼び出し音が延々と鳴り続けるだけで留守電にもつながらなかった。もしかして、急に仕事が入ったのかな？　ノビージョは人手不足らしいからそうかもしれない。うん、きっとそうだ。なんだよ、連絡くらいくれればいいのに。

　外は雨が降っている。居ても立ってもいられなくて、きつきつのパーカーに袖を通し、傘を持って家を出た。お店に電話することも考えたけれど、仕事中だったら悪い。この目で確かめた方が早い。

　昼間よりぐっと冷え込んでいたけれど、心臓がどきどきして、少しも寒さを感じない。雨粒が傘に当たる音や、車がアスファルトの水を撥《は》ね上げる音が、余計に心臓の鼓動を加速させる。そのことを自覚しながら、ほとんど走るような速さで歩く。

ノビージョが見えてきた。駅の南口から、会社や学校から帰ってきた人たちが歩いてくる。ノビージョに入っていく人も何人かいる。見慣れているはずのその光景が、いつもと全然違って見えた。

お母さんの社割で食べられるので、ノビージョに行ったことは何度もあるのに。料理はおいしいし、お母さんが顔なじみのお客さんから「私服姿もきれいですね」と声をかけられることもあって、楽しい思い出がたくさんあるのに。

とまりそうになる脚を必死に動かし、店に駆け込んだ。

「いらっしゃいま――」

「椎名ですけど、お母さんはいますか？」

息を切らしながら訊ねると、ウエイターさんは眉根を寄せた。

「今朝、夜勤が終わって帰ったよ。今日はお休み」

店長さんと一緒じゃないですか、と訊ねかけて、この前、お母さんが「結婚するつもりはない」と言われ怒っていたことを思い出した。ウエイターさんにお礼を言うのも忘れ、覚束ない足取りで店を出て立ち尽くす。

髪の毛が濡れてから、自分が傘を持ったままさしていないことに気づいた。ノビージョの軒下に避難して考える。

我が親ながら、お母さんは美人だ。夜勤の後なにかあったんじゃないか？　たとえば、変な人に襲われて……。

具体的な場面が思い浮かんだわけではないけれど、鳥肌が立った。警察に連絡しないと、と思って、お姉さんを思い出す。あの人なら力になってくれる。でも、ええと……そうだ。いつも電話に出られるとはかぎらないと言ってたじゃないか。やめた方がいい。なんだか自分に言い訳しているような、不思議な感覚だった。それをどうこう考える前に、翔太の家に電話する。さっき、お母さんの携帯にかけたときと同じく、呼び出し音が延々と鳴るだけで、なかなか出なかった。あきらめて切りかけたところで、呼び出し音が途切れる。

〈はい、高橋です〉

男の人の声だった。

「もしもし。翔太……くんのクラスメートの、椎名ですけど」

〈翔太が、なんですか〉

突き飛ばしてくるような言い方だった。「翔太くん」とうまく言えなかったから？余計に緊張して、舌がうまく動かなくなってしまう。

「翔太くんに……あの、少し、相談したいことが……」

〈あの子にその気があれば、連絡させますから〉

男の人は、言い終えるのとほとんど同時に電話を切った。たぶん、翔太のお父さんだろう。翔太を引き取って育てるくらいだから優しい人だと思っていたのに、イメージと随分違う。

でも、翔太は幸せだと言っていた。たまたま機嫌が悪かっただけだろう。

それからしばらく、あたしは携帯を握りしめてその場に立っていた。翔太から電話がかかってくるかもしれないし、お母さんがご飯を食べにくるかもしれないとも思ったからだ。

どちらも実現せず、ただ時間だけがすぎていった。

身体が冷え切って、耳たぶの感覚がなくなってから、あたしはのろのろとノビージョを離れた。さがすあてもないし、ひとまず家に帰るしかない。

お母さんはどこに行っちゃったんだろう？　そういえば昨日の夜は、やけに機嫌がよかった。もしかして、あたしを捨てて人生をやり直すつもりだった？　冷蔵庫に飲み物のパックしか入ってなかったのも、もうあの家でご飯を食べるつもりはないからで……。

それならそれで、あたしはほかの家の子になれる？　でも、こんな形でなっても……。

雨粒が傘に当たる音と、車がアスファルトの水を撥ね上げる音。雨脚が強くなったわけではないのに、二つの音が行きよりも大きくなったように聞こえる。

「――ちゃん？」

不意に呼ばれた。顔を上げると、前の方にお姉さんが立っていた。冷たい雨が降る中、お姉さんの周りだけがほんのりあたたかくなっているようだった。近くに行きたいのに、腕にしがみつきたいのに、なぜかあたしは後ずさってしまう。

「こんな時間に、子どもが一人でなにをしているの？」

「お姉さんこそ、なんでここに？」

「近くまで来たから、ちょうど電話しようとしていたの。少し話したいことが――」

「椎名」

後ろから、雨音を突き破るような声が飛んでくる。振り返ると、翔太だった。肩で大きく息をして、こんなに寒いのに額に汗が滲んでいる。

「翔太、どうしたの？」

「そっちが俺の家に電話してきたんだろう。どこにいるかわからなくて、さがした」

「それはそうだけど、なにも走ってこなくても。電話をくれればよかったのに」

「家電《いえでん》を使うのは抵抗があったから。携帯の番号を書いたメモは家に忘れてきたから、公衆電話も使えないし」

なんで家電《いえでん》を使うのに抵抗があるの？　メモを取りに家に戻ればよかったんじゃないの？　浮かんだ質問を口にする間もなく、翔太は傘を左手に持ち替え、右手であたしの左手首をつかんだ。そして、お姉さんを無視してあたしの家へと歩き出す。

「待って。なにかあったのなら、私が力に――」

「大人には関係ありません。俺たちの問題ですから」

敬語を使ってはいるけれど、全然丁寧に聞こえない言い方だった。お姉さんは口を開きかけたけれど、すぐに閉ざしてさみしそうに笑う。

「大人には立ち入れない領域か。翔太くん……だっけ？　あなたは騎士《ナイト》なのね」

意味はよくわからなかったけれど、お姉さんの冷やかすような視線が無性に恥ずかしい。

翔太は答えず、あたしの手首をつかんだままどんどん進んでいく。お姉さんは小さく手を振るだけで、追ってこようとはしなかった。話があったはずなのに。

翔太が、前を向いたまま言う。

「誰だよ、あれ？」

警察の人、と答えようとしたのに、声が出なかった。翔太が、怪訝そうにあたしを振り返る。自分でも驚いたことに、口から滑り出したのは「近所の人」という嘘だった。

「時々、挨拶しているんだ。優しそうな人でしょ」

「どこがだよ」

思わず足をとめてしまうほど強い口調で、翔太は言った。両目は、びっくりするほどつり上がっている。

「あんな人が優しそうに見えるなんて、椎名はおかしいよ。大人なんて、みんな信用できない」

「なにかあったの？」

「……なにもないよ。それより椎名は、どうして電話をくれたの？」

絶対になにもないはずないけれど、お母さんのことを話した。気がつけば翔太は、あたしの手首ではなく、手を握っていた。傘がぶつかって歩きにくかったけれど、あたしも翔太の手を握り返す。

傘と傘の合間から、握り合った手に雨粒が落ちる。二人とも手袋をしていないからどんどん冷たくなっているはずなのに、不思議なほどあたたかかった。

あたしの話が終わるなり、翔太は、お姉さんの話をしていたときが嘘のように冷静になった。

「警察に連絡しよう。いい機会だから、お母さんをさがしてもらうついでに、家庭の事情を全部話すんだ。娘を放り出して帰ってこない母親だとわかれば、きっと椎名を保護してくれる」

「でも、あたしを放り出したわけじゃなくて、事件に巻き込まれたのかもしれない」

「だったら、なおさら警察だろう。俺はむしろ、椎名が警察に連絡していなかったことに驚いてる。お母さんが例の殺人事件の犯人で、これ以上疑われるとまずいと思って、逃げたかもしれないんだよ」

「あたしだって、連絡しようとした」

「なら、どうしてやめたの？」

「警察だけじゃなくて、この前は先生たちも家に来たから、お母さんはしばらく大人と話したくないんじゃないかと思って……」

いま思いついた理由は、まるで説得力がなかった。翔太も、全然信用してない目をしている。

「とにかく、警察に連絡するのはまだ早いよ。入れ違いで帰ってるかもしれないし——あ！」

視界に入った我が家《うち》の窓が明るくて、あたしは思わず声を上げた。出るときは、確かに電気を消したのに。

お母さんが帰ってきた——。

翔太の手を振りほどき、猛スピードで駆けた。傘が後ろに傾き、顔がたちまち雨粒まみれになったけれど構わない。車のクラクションを無視して道路を横切り、玄関に回ってドアを開ける。

「お帰り。どこに行ってたの？」

卓袱台でお弁当を食べていたお母さんが、テレビに顔を向けたまま呑気に言った。

「……それはあたしの台詞だ。一晩以上帰ってこないで、なにやってたんだよ？」

尖った声で訊ねるあたしに、お母さんは呑気な声のまま答える。

「店長とデートだって言わなかったっけ？　あっちから仲直りしたいと言ってきたの。仕事の後、彼の家に行って、さっきまで一緒だったんだ」

だから昨日の夜、あんなに機嫌がよかったのか。

勝手すぎるし、あたしに無関心にもほどがある。インスタント味噌汁から立ちのぼる湯気まで腹立たしい。

でも、それ以上にほっとしていることを、認めざるをえなかった。

「早くドアを閉めてよ。寒いじゃない」

「きさらさんに謝ってください」

ドアの外に現れた翔太が言った。全身は小刻みに震えている。

震えの理由が寒さではないことは、顔を見れば明らかだった。

お母さんは「はあ？」と大きな声を上げる。

「なんで私が謝らないといけないの？　そもそも、あんた誰？」

「高橋翔太。きさらさんの友だちです」

「へえ。きさらの友だち。かわいい顔してるじゃない。礼儀は全然なってないけどね」

「礼儀知らずなのはわかってます。でも、おばさんがやっていることは虐待です」

「うわ、なによ、いきなり現れて。どういう教育を受けてるの？」

「やめて、二人とも……」

「子ども相手に、そんなにむきになるなんて。おばさんこそ、どういう教育を受けたんですか」

「子どもってことに甘えてるんじゃないぞ、ガキが。少なくともお前よりは真っ当な親に育てられて、まともな教育を受けてきたよ」

「お願いだからやめて……」

「それなら、虐待を繰り返しているわけじゃない。貧乏かもしれないけど、暮らしていけないほどでもない。なのに、どうして自分の子どもにひどいことができるんですか。きさらさんを、ちゃんとかわいがってあげてください」

「本当に本当に、やめて……」

「いい加減にしろよ。警察に行くか？」

「警察に行ったら困るのは、おばさんの方──」

「やめてっ‼」

ありったけの声で、あたしは叫んだ。お母さんと翔太が、口を半開きにしたまままあたしを見つめる。

雨音と、車がアスファルトの水を撥ね上げる音。その二つ以外はなんの音も聞こえない中、あたしは懸命に言葉を紡ぎ出す。

「喧嘩しないでほしい……二人とも、あたしの……大切な人だから……」

それだけ口にするのが精一杯で、あとは言葉にならなかった。

泣いてしまったから。

美雲の誕生日会のときですら、泣かなかったのに。

「椎名……」

「私と同じくらいこの子が大切なの？　はいはい、ごちそうさま」

二人の声を聞きながら、あたしは自分の気持ちを理解する。信じられないけれど、間違いない。

ストレス発散で「水責めの刑」にされても、家のことを全部押しつけられても、ご飯をつくってもらえないどころか食材すら買ってもらえなくても、デートで丸一日ほったらかしにされても。

あたしは、お母さんのことが好きなんだ。

だから、翔太が新しい保健室の先生に相談しようとしたとき気乗りしなかったし、二十八日夜のお母さんのアリバイが本物だとわかったら安心した。お母さんが帰ってこなかったら慌てふためき、でも「虐待している」と思われるのが嫌で、警察に連絡しなかった。お姉さんにも話さなかった。

——帰ってきてくれてありがとう、お母さん。

その一言すら言葉にできず、しゃくり上げることしかできない。

「やっぱり、本当の親子だな」

翔太の呟きが聞こえた気がした。

十二月八日木曜日。

学校に行ったあたしが真っ先にしようとしたのは、翔太に謝ることだった。

昨日の夜はあたしが泣いているうちに、翔太はいつの間にか帰ってしまった。雨の中わざわざ来てくれたのに、あたしのためにお母さんに怒ってくれたのに、悪いことをした。ちゃんと話さないと。

でも朝の会になっても、翔太は登校してこなかった。雨に打たれたせいで、風邪を引いてしまったのだろうか。ますます申し訳ない気持ちでいると、教室に入ってきた若田部先生が言った。

「突然ですが、高橋くんは転校することになりました」

聞き違いと思ったのは、あたしだけではないらしい。教室のあっちこっちでざわめきが起こる。

翔太とよくサッカーをしている男子が、手をあげた。

「突然すぎるよ。なんかあったんですか、先生？」

「家庭の事情だそうです。詳しくは先生も聞いてません」

若田部先生が目を逸らすから、クラス全員が嘘だとすぐにわかった。ざわめきがますます大きくなったけれど、先生は「静かに。朝の会を始めます！」と強引にクラス中を黙らせる。

教室の後ろを見る。翔太の席は空いている。

あそこにもうあいつが座らないことが、まるでぴんとこない。話をするようになってから、まだ一週間くらいしか経っていないのに。

帰りに、家に行ってみようか。どんな「家庭の事情」か知らないけれど、今度はあたしが力になれるかも。

翔太のことばかり考えているうちに、放課後になった。急いでランドセルを背負おうとしていると、携帯を見た美雲が耳障りな声で叫ぶ。

「翔太くんが転校した理由がわかっちゃったー！」

「なになに？ どうしたの、あいつ？」

「教えて、教えて」

河合を始め、進んでいる女子たちが美雲に群がった。若田部先生は、足早に教室から出ていく。

美雲は「お母さんがママ友から聞いたの」と、得意げに携帯を掲げた。

「原因は、不調だって」

なんだ、それ？ ランドセルを背負うのをやめて座り直し、机の中の教科書とノートを確認しているふりをしながら聞き耳を立てる。

河合が、質問するのが自分の使命とでもいわんばかりの勢いで言う。

「不調ってなに？」

「里子が、里親とうまくいかないこと。里親のお父さんもお母さんも、翔太くんがなにをしても叱らないでかわいがってあげていたのに、翔太くんは全然笑わなくて、一昨日とうとう、お母さんが泣いちゃったんだって。それでお父さんもどうしようもなくなって、翔太くんは施設に返されることになった。本人が『誰とも会いたくない』と言うから、急に転校することにしたみたいだよ」

「翔太くんって里子だったの？」

「全然そんなこと言ってなかったのに。恥ずかしかったんだろうね」

「せっかく隠してたのに、里親に追い出されたせいでばれちゃったんだ」

翔太がこの話をしなかったのは若田部先生にとめられていたからで、恥ずかしかったわけでも、隠していたわけでもない。

そう教えてやりたかったけれど、美雲たちと話す気になれず、あたしは立ち上がってランドセルを背負った。教室の後ろまで行くと、翔太の机にそっと手を置く。

だから翔太は、なんだか様子がおかしかったんだね。親には、あたしのことを話さなかったんじゃなくて、話せなかったんだね。昨日は学校で、あたしと口をきく余裕もなかったんだね。

先週、あたしに高橋の家の子になった話をしたときは、幸せだと言っていたのに。

きっと前から、里親とぎくしゃくしてはいたんだ。でも翔太は高橋の家で暮らしたくて、気づかないふりをしていた。そういえばあたしが殺人計画を考えていると見抜いたとき、翔太はこんなことを言っていたっけ。

――俺の責任は重大だな。

あれは自分がうまくいっていないのに、あたしに「ほかの家の子になれば幸せになれる」なんて夢を見させてしまった「責任」だったのか。

――やっぱり、本当の親子だな。

昨日の夜、泣きじゃくるあたしを見てそう呟いたとき、どんな気持ちだったんだろう。

「誰とも会いたくない」なんて嘘。翔太は、あたしと会いたくないんだ——。

「机を撫でてる。後でにおいを嗅ぐんだよ」

「さすがエロ女」

美雲たちが、あたしに聞こえるように話し出す。もう政治家に言いつけられる心配がなくなったからだろう。

振り向きもせず教室を出る。「くんくん。あーん、翔太のにおいー」というあたしの物真似らしい声と、ばかみたいにはしゃぐ声が聞こえてきたけれど、どうでもよかった。

——ほかの家の子になったところで、幸せになれるとはかぎらない。

突きつけられた現実で、頭が一杯だった。


翔太と話すようになってからのできごとが、ものすごい勢いで現実感を失っていく。長い夢を見ていたようだ。いま家に向かって歩いていることすら夢のようだったけれど、パンツが湿った感触で我に返った。

おしっこを漏らしちゃった？　さっきトイレに行ったばかりなのに？

とにかく着替えたくて、ほとんど駆け足で家に帰った。お母さんは、今日は夕方まで仕事でいない。パンツを汚したなんて知られたら、また「水責めの刑」にされる。ほっとしながらトイレに入ったあたしは、ズボンとパンツを脱いだ。何度も穿いてよれよれになったパンツに、赤い染みが点々とついている。授業で習ったし、美雲と河合が騒いでいるからなにかわかる。

「生理だ」

自分の口からこぼれ落ちた一言で、完全に夢から覚めた。

あたしはもう、子どもじゃないんだ。

この数日、「ほかの家の子になれれば幸せ」なんて夢を見ていたけれど、そのことを教えてくれた翔太は幸せではなかった。現実を見なくてはいけない。

殺人計画なんて考えてる場合じゃない、と思ったところで、そのことを昨日の夜から思い出しもしなかったことに気づいた。同時に、そんなことを一生懸命考えていた自分が無性にガキっぽく思えてくる。

お母さんの死体をノコギリや包丁でばらばらにする？「ほかの家の子になりたい」という強い気持ちがあったって無理だ。後ろから抱きついたことも、排水管の詰まりを直してほめてもらったこともある。手足をばらばらにしている最中そのことを思い出し、泣いてしまう。

お母さんの首を後ろから絞めて吊るす？　あたしに力があったとしても不可能だ。ロープが首に食い込んだお母さんは、苦しんで暴れる。その姿を見たら必ず動揺して、ロープから手を放してしまう。

翔太に時間を錯覚させてアリバイをつくる？　方法を思いついたところで無意味だ。お母さんをこの手で殺した瞬間は、絶対に頭から離れない。トリックが完璧でも、耐え切れなくて警察に全部話してしまう。

あたしは「お母さんを殺す」ということを、少しも現実的《リアル》に考えていなかった。

深く息をつき、顔を上げる。

今度こそ、お父さんとの約束を守ろう。

あたしは本心ではお母さんのことが好きだったんだから、なんの問題もない。

翔太のおかげで、お母さんがあたしにやっていることは虐待だとわかった。またなにかされそうになったら、ちゃんとお母さんと話し合おう。お母さんだって、あたしが憎いわけじゃない。きっとわかってくれる。母娘《おやこ》二人で、絶対幸せに暮らせる。

記憶の中のお父さんに「いままでごめんなさい」と呟き、

——翔太の気持ちが落ち着いたら、直接お礼を言いたい。それまでは、バイバイ。

心の中で、翔太にお別れする。


「ただいま……って、どうしたの？」

卓袱台に並んだお米と味噌汁、水菜とトマトのサラダ、おまけに焼いた鮭を見たお母さんは、驚きの声を上げた。

「お小遣いで買ってきた。これから大人になるという、決意表明」

本当は殺人計画のお詫びも兼ねているのだけれど、さすがにそれは言えない。

「決意表明？　なにかあった？」

お母さんは、コートを脱ぎながら言う。少し迷ったけれど、こんな狭い家に一緒に住んでいたらすぐに気づかれる。

「――り」

「は？　なに？」

「――生理」

はっきり言うつもりだったのに、小声になってしまった。頬どころか、首筋まで熱くなってしまう。お母さんの目と口が、大きく開かれる。「本当に？　おめでとう！」とあたしを抱きしめてくれる――。

と思ったのに。

「あんたもそういう歳か。これから、ますます金がかかるね」

お母さんは苛立たしげに息をつき、コートを投げ捨てただけだった。それから、戸惑うあたしを睨みつける。

「なんでおめでたいことみたいな顔してるの？　これから毎月、ナプキンを使うことになるんだよ。無料《タダ》じゃないんだよ。そんなこともわからないわけ？」

「ご……ごめんなさい」

怒られるなんて想像もしていなくて、反射的に謝ってしまう。お母さんはあたしを無視して、言葉を投げつけるようにしゃべり続ける。

「昨日は男の子を連れてくるし、急に色気づいてきたね、あんた。胸も膨らんできたし、今度はブラを着けたいとか言い出すんだろうなあ。ああ、ますます金がかかる」

「ごめんなさい、ごめんなさい」

身体は勝手に大きくなるんだから、あたしのせいじゃない。そう反論できるのに、今度なにかされたら話し合おうと思ったばかりなのに、謝ることしかできない。

「でもお金がかかる分、大人になってしっかりするから。お父さんとの約束を守って、ちゃんとお母さんを支えるから」

「約束？」

お母さんは知らない国の言葉を口にするように呟いたが、すぐに「ああ」と白けた顔で言った。

「そんなの、嘘に決まってるでしょ」

――え？

「お父さんが死んだときのこと、あんたは覚えてないでしょ。それくらいガキだったんだよ。そんな約束させるわけないじゃない。あんたが本気にするからおもしろくて言っただけ。気づいてなかったなんて、どこが大人だよ」

お母さんの一語一語に、頭を殴られている気がした。視界が、ぐにゃりと歪んでいく。

嘘――しかもお母さんは、いままですっかり忘れていた――そんなことのために、あたしはずっと我慢して――これからも我慢しようとして――。

お母さんにこれまでされてきたことが一瞬にして全部、頭の中を駆け巡った。

お母さんは立ちすくむあたしの横を通り抜け、畳にどかりとあぐらをかく。

「あー、もう。疲れて帰ってきたら娘があまりにばかすぎて余計に疲れた。自分が大人だと己惚《うぬぼ》れているから、罰として今夜も『水責めの刑』に——うっ！」

お母さんがつぶれた声を上げたのは、あたしが大理石の灰皿で、頭の後ろを力一杯殴ったからだった。

お母さんは卓袱台に突っ伏し、動かなくなる。凹んでしまった頭の後ろから、血がじんわり滲み出る。

殺しちゃった。

トリックも完全犯罪もなにもない衝動だけれど、「お母さんを殺す」という目的は達成した。

殺人計画、完了。

「あんなに一生懸命、いろいろ考えたのに」

お母さんを見下ろし、あたしは笑い出す。

人間はおかしくなくても笑うことがあるんだ、と他人事のように思った。

断章三

警察は無能だ、と椎名綺羅は改めて思う。

動機はマインド・コントロール。そんな的はずれな推理を引っさげてくるなんて。少し反論しただけで、あの真壁とかいう刑事は引き下がった。宝生の自分に対する感情も、この前来たときより激しくなっていた。その気になれば、いつでも手玉に取れる。

心配があるとすれば仲田とかいう女だが、アリバイトリックは完璧。問題ない。あとは、この頭痛と吐き気をなんとかするだけ。遠山につながる記憶はすべて消去したい。

ドアチャイムが鳴る。娘《きさら》だと思った。もう夜七時なのに、どこをほっつき歩いていたのか。頭痛をこらえて立ち上がり、「遅い！」と一喝しながらドアを開ける。

立っていたのは小柄な女――仲田だった。背後には、真壁と宝生の姿もある。

「……まだなにか？」

一日に二回も警察が来るのはおかしい。さすがに身構えると、仲田は「失礼します」と上辺だけは丁寧な、しかし有無を言わせぬ口調で足を踏み入れてきた。男二人もそれに続き、後ろ手にドアを閉める。

仲田の表情はやわらかく、敵意は微塵も見られなかった。おかげで、少し落ち着きを取り戻す。そのタイミングを見計らったかのように、仲田は口を開いた。

「きさらちゃんが、あなたにアリバイ工作を強要されたことを話してくれましたよ。椎名綺羅さん——いいえ、椎名きさらさん」

四章

真壁

「どういうことかわからない」。いまの真壁の心情は、その一言で言い尽くせた。

少し前——十二月六日火曜日、午後六時半すぎのこと。

いまにも雪が降り出しそうなほど寒い夜だった。風景は、既に闇に沈んでいる。

「宝生さん」

仲田が背後から声をかけると、宝生は両肩を跳ね上げて振り返った。

「仲田さん、真壁さん……なぜ、ここに？」

「ちょうどこちらの準備も終わったところだったんです。同じタイミングになりましたね」

仲田が宝生の少し先、椎名の住むアパートに視線を遣りながら答える。歯噛みする宝生に、仲田は言う。

「宝生さんは、椎名さんの家を出る寸前、カラーボックスに入った睡眠薬の箱に目を向けましたよね。椎名さんが、あれをきさらちゃんに飲ませたと考えているのではありませんか」

「――そうです。彼女が犯人なら、それしか考えられない」

観念したように、宝生は言った。

十一月二十八日の夜、椎名は娘を睡眠薬で眠らせた。次いでニュースを予約録画して川崎に移動。午後十一時半から二十九日午前〇時半の間に遠山を殺害して帰宅する。それからレコーダーを再生し、物音を立ててきさらを起こした。睡眠薬のせいで本人の自覚以上に「ぼんやり」しているきさらは、物音で目が覚めたことも、テレビに映った映像が録画されたものであることにも気づかず、アナウンサーが語るままに日時を誤認する……。

「きさらちゃんは睡眠薬のせいで朦朧としているから気づかないでしょうが、念のためレコーダーの電源部分は、黒いテープを貼っておいたのだと思います。これで一見、電源が入っているとわかりません」

宝生はその一言で、自身の推理を締めくくった。

睡眠薬――なるほど。そういうことだったのか！　なにか言いかけた仲田を手で制し、真壁は口を開く。

「そのトリックがわかったところで、お前はどうするつもりだった？　椎名の家に向かっていたな。目的はなんだ？」

真壁の眼光に曝された宝生は、しばし黙っていたが。

「……彼女を、自首させるつもりでした」

苦しそうに顔を歪め、そう絞り出した。

「正直、悩みました。警察官にあるまじきことですが、真相がわかっていることを突きつけ、逃亡させられないかと考えもしました。でも、罪は罪です。真壁さんに報告するべきだとも思ったのですが、証拠はありませんし……それならいっそ、自首させた方が椎名の罪は軽くなるし、捜査陣の負担も減るのではないかと……」

語尾に向かうにつれ、宝生の語調はたどたどしくなっていった。その様を見て、真壁は胸を撫で下ろす。

宝生が、容疑者に惚れ、捜査に私情を挟んだことは事実。が、真相を突きとめ、事件を解決しようとしていたこともまた事実。なにより、正義感を失ってはいなかった——。

「宝生さんのお気持ちはわかりました。でも、推理は間違っています」

仲田の断言に、芽生えたばかりの真壁の安堵は消え失せた。宝生が顔をしかめる。

「なぜ、そう言い切れるのです？」

「市販の睡眠薬は、厳密には『睡眠改善薬』といいます。処方箋なしで手軽に買えることが売りですが、不眠を一時的に解消するだけで、すぐ耐性ができてしまうことが問題視されています」

「聞いたことはありますが、きさらちゃんに耐性ができていたとは言えないでしょう」

「言えます。きさらちゃんは、寝ようと思っても、なかなか寝つけないと言ってましたから」

校長室での聞き込みの際、そう語るきさらの姿が蘇った。

「焦りすぎて見落としていたようですね」

宝生を気遣うように言って、仲田は続ける。

「椎名さんは、夜、一人でさみしがるきさらちゃんに睡眠改善薬を飲ませていました。耐性ができても、きさらちゃんはプラシーボ効果で『眠くなる』と思い込んでいたのかもしれません。それも限界に来て、いまは寝つけなくなったんです」

仲田が口にした言葉の意味が、思考に少しずつ浸透していく。

宝生の推理は間違いだ。しかし、そうなると――。

「では、椎名のアリバイトリックは別のものなのか?」

真壁は仲田から、犯人が椎名であることと、アリバイを崩したことは聞かされた。しかし、落ち合ったのはつい先刻。詳細を聞く時間はなかった。仲田の「お願い」は解決できたが、その意味するところもまだわからない。

「一緒に彼女の家に行きましょう。そこで説明します。伊集院管理官からは『すべて任せる』と言ってもらいました。きさらちゃんも保護してもらっています」

理解が追いつかないまま、真壁は茫然自失の宝生を促し、仲田とともに椎名のアパートに行った。そしてドアを開けた椎名に仲田が告げた言葉が、これである。

「きさらちゃんが、あなたにアリバイ工作を強要されたことを話してくれましたよ。椎名綺羅さん――いいえ、椎名きさらさん」

その後、真壁は仲田たちと並び、椎名の向かいに腰を下ろした。

「迷惑だから、これきりにしてもらえます？」

椎名は不機嫌であることを隠そうともせず、腕組みをする。

「私がアリバイ工作を強要？　あの子がそんなことを言うなんて信じられませんね。それに、私の名前は椎名綺羅。きさらは、娘の名前です」

「椎名さんは、きさらちゃんのことを『あの子』『娘』とばかり言って、名前で呼びませんね」

「だから私が『きさら』だと？　だったらいくらでも呼んでやるよ。きさら、きさら、きさら、きさら。ほら、これで満足？」

自棄気味に「きさら」と連呼する椎名に首を横に振って、仲田は語り出す。

「十一月二十八日の夜、あなたは川崎に行って、現場の路地で遠山さんを待ち伏せしていました。遠山さんの夜の散歩コースですし、人通りがなくて、犯行にはうってつけの場所ですからね。

あの日、きさらちゃんに『体調不良』と嘘をつかせて学校を休ませたのは、遠山さんを殺害した後で綿密に口裏合わせをするため、昼間のうちに寝かせておく必要があったから。帰宅すると録画したスポーツニュースを観ながら、警察に質問されたときの練習をきさらちゃんと繰り返したそうですね。それが長引き、きさらちゃんは二十九日も学校を休むことになった。

あなたとしては、十一月二十四日以降、一日でも早く遠山さんを亡き者にしたかった。でもファミレスの夜勤を休んだことを警察に知られては怪しまれるし、なにより、生活費に影響する。だから二十五日は現場付近の下見だけにとどめ、二十八日まで我慢するしかなかったんです」

仲田が「十一月二十四日」と口にした瞬間、椎名の顔が激しく歪んだ。椎名にとって、その日に意味があることは明らかだ。

それをごまかすように、椎名は早口に捲し立てる。

「あの子……きさらは、私を嵌《は》めようとしている。二十八日の夜、私は絶対家にいた。あの子も傍にいた。どうして嘘をつくのかわからない」

「きさらちゃんは、家にいませんでした」

「はあ?」

椎名の口が、あんぐり開く。

「二十八日の夜、あなたはきさらちゃんに家にいるよう命じたんですよね。でもきさらちゃんは、それを破って友だちと公園にいたんです。一緒にいた友だちから裏も取っています。『小学生の女の子らしき人影を見た』という近隣住民の証言もあります。これであなたのアリバイは崩れました」

「あのガキ……！」

椎名の顔が、さらに激しく歪む。

夜中に、小学生の少女が友だちと公園に行くとは！

あんなに頑なだった娘が、仲田にすべて話すとは！

その二つも驚きではあるが、椎名への驚愕《きようがく》の方がはるかに勝っていた。

娘に嘘を言わせていいただけで、あんなに自信満々だったなんて。

仲田が提示した可能性の②が真相だったことになるが、奇しくも真壁自身が言ったとおり、「能天気にもほどがある」。

——椎名さんは、どこかずれているというか、話が嚙み合わないというか、不安定というか。

西原の言葉を、再び思い出した。

娘《きさら》の澄んだ瞳は人殺しを守ろうとするものには見えない、などという自分の認識は甘すぎたということか？　宝生も同じように感じていただけに、釈然としないが……。

「でも……そうだ、娘が家にいなかっただけで、私は家にいた。そうだよ、いたんだよ！」

「では、どうして嘘をついたのですか？　きさらちゃんが出かけたのは何時で、それまでなにをしていましたか？　きさらちゃんが帰ってきたのは何時でしたか？」

「私には動機がない！」

仲田の質問を一切無視して、椎名は金切り声で叫ぶ。

「警察としては、動機がなくてもアリバイを偽証した理由を答えられない時点で、署までご同行いただきたいところです」

「絶対に行かない。理由もないのに殺すわけないだろう！」

「動機については仮説があります」

仲田がやわらかな声音で告げると、宝生はきつく目を閉じた。やはり宝生は、椎名の動機に思い当たる節があるのか？

仲田は続ける。

「あなたがラバーズXの前で目撃されたのは、十一月二十五日ですよね。ずっと距離を置いていたのに、なぜ突然その日に店に行ったのでしょう？ 真壁たちには『なつかしくなった』と答えたそうですが、別の理由があるのではありませんか」

「そんなものない！」

「その前日、静岡県の山中で女性の白骨死体が見つかっています。本当の理由はそれではありませんか」

椎名が、座ったまま後ずさる。

〈今月二十四日、静岡県の山中で発見された、後頭部を殴られ死亡したと見られる女性の白骨死体は未だ身許が判明していない〉

遠山の死亡現場に臨場した日、当直中にウェブサイトで読んだニュースを思い出した。

「発見された女性は、後頭部を殴られていました。椎名さんが後ろから声をかけられることを極端に嫌がるのは、そのことを思い出すからではありませんか。だから、後ろから肩をたたいた西原さんをバッグで何度も殴打したり、真壁に背後から声をかけられたとき悲鳴を上げたりしたのではありませんか。つまり、あの女性を殺したのはあなた」

「椎名さん自身に背後からおそわれた過去があって、トラウマになっているのかもしれない」

口を挟んだ真壁の方は見ぬまま、仲田は首を横に振った。

「椎名さんは『やめて！』と言う西原さんに『私は悪くない！』などと嚙み合わない言葉を連呼したそうですから。自分が背後から被害に遭ったのではなく、背後から誰かに危害を加え、その罪悪感に囚われていると見る方が自然です」

なるほど。

「地中に埋められた人体が完全に白骨化するまで、少なくとも十年はかかるとも言われています。当時の椎名さんは十代ですから、一人で遺体を埋めることは難しいでしょう。だから、遠山さんに手を貸してもらった。その遺体が発見されたことで遠山さんが真相をしゃべることをおそれ、口を封じた——これがあなたの動機です」

「そんな死体、知らない……証拠だってない……」

「DNA型鑑定をすれば、はっきりします」

息を呑む椎名に、仲田は、告発しているとは思えない穏やかな面持ちと口調で続ける。

「あなたは生活保護を受けることを拒否しましたよね。生活が苦しいと言う割に、いくら私が説得しても聞く耳を持とうとしませんでした。あまりに頑なので、扶養してくれる親族の有無を調べられたら身許を偽っていることがばれるとおそれているのでは、と考えたんです」

身許の偽装――ここに至って真壁は、自分が仲田にされた「お願い」の意味を理解した。

「遠山さんは、店をやめたスタッフを『因縁のある土地に住ませる』という嫌がらせをしていたと聞いています。そこで過去十数年に遡《さかのぼ》り、登戸界隈で親が失踪したり、行方がわからなくなったりした子どもがいないか調べることにしたんです」

仲田に目で促され、真壁は口を開く。

「一口に『登戸界隈』と言っても、幼稚園や保育園、小学校はたくさんありますからね。役所に転居届が出されていないかもしれないし、時間がかかることを覚悟しました。ひとまず登戸南小学校に行って過去のアルバムを調べていたのですが、その最中に校長先生が教えてくれたんです。以前この学校で働いていた先生が『自分は教師に向いていない』と考え、十四年前、神奈川県警に転職したと。学校では図画工作を教えていて、それを活かしていまは似顔絵捜査官をやっている。名前は柿沼」

「それがなんだってんだよ！」

「柿沼はラバーズX近辺での目撃証言をもとに、あなたの似顔絵を描いた捜査官です。彼は捜査会議で似顔絵を貼り出すとき、しきりに首を傾げていました」

どこか芸術家然とした似顔絵捜査官——柿沼の姿を思い出しながら、真壁は続ける。

「あのときは自信がないのかと思いましたが、もしかしたら見覚えがあってあんな態度を取っていたのかもしれない。そう閃いて本人に確認したところ、当たりでした。どこの誰か思い出せないでいるうちに別件が入った上に、捜査員から『身許がすぐに判明した』と聞いたので、重要なことだと思わず黙っていたそうですが」

「自分は教師に向いていない」という自己分析とは裏腹に、柿沼は大勢の子どもに慕われていたらしい。似顔絵捜査官になってからは、何枚もの似顔絵を描いてきた。椎名のことをすぐに思い出せなかったのも無理はない。

「柿沼に記憶の糸をたぐらせたら、『自分の教え子に似ている』と思い出しましたよ。それをもとに調べたら、わかったんです。十七年前に椎名きさらという小学五年生の女の子が、夜逃げ同然にいなくなったことが。母親の名前は、椎名ゆりか」

真壁はこのことを、仲田に知らせたのだ。「あとは任せた」と目配せすると、仲田は小さく頷いてから椎名に言う。

「あなたの本当の名前は、椎名きさら。白骨死体は、あなたが殺《あや》めた母親のゆりかさんではありませんか。そのことを知られないようにするため、身許を偽っているのではありませんか」

椎名の唇が戦慄《わなな》く。仲田は変わらぬ表情で、それを見つめる。

「先ほども言ったとおり、動機は仮説にすぎません。アリバイが崩れたとはいえ、物証もない。でもDNA型鑑定で白骨死体とあなたの親子関係が証明されれば、状況は変わります。捜査本部は徹底的にあなたを調べ、自白を取ろうとする。そうなる前に、自首してもらえませんか」

「――嫌だ。徹底的に抵抗する。証拠がないんだから……」

「『現時点では』の話です。既に防犯カメラにあなたが映っていないか、タクシーを使っていないかを調べている捜査員がいます。あなたが最有力容疑者に絞られたら、捜査員を増員して調べることになる。防犯カメラに変装したあなたらしき人が映っているだけで、任意同行を求めることになるでしょう。そうなってから本当のことを話しても、罪は軽くなりません。いまのうちに自首した方が、あなたのためです」

「私の罪を軽くしたいの？　なら、見逃して……お母さんを殺したことが知られたら、私の人生は終わる……」

「できません」

表情がやわらかなままであることが不思議なほど決然とした声音で、仲田は言った。

「十七年前、あなたはまだ小学生だったんですよね。そんな歳でお母さんを手にかけるなんて、よほどのことがあったはず。それが遠山さん殺害につながっていることにも同情はします。でも罪を犯した人の人生を一人で背負えるほどの力は、私にはありません。

然るべき機関や専門家の力を借りて、罪を償ってください」

話を聞いているうちに、真壁は自分の思い違いに気づいた。きさらに直接的な物言いをした時点で気づくべきだった。

仲田蛍は、優しくはあるが、優しいだけの警察官ではない。目を閉じたままの宝生が、安堵の息を漏らす。自分の力で椎名を自首させることはできなかったが、結果的には同じことになったからだろう。

「……あ、そう」

小さいが重たい声が、室内に落ちた。

「あー、そうですか。はいはい、わかった。わかりましたよ」

投げやりな声が、それに続く。

「こうなったら仕方ないね。そうです。私は綺羅じゃありません。きさらです。お母さんを殺したのは私。オーナーを殺したのも私。アリバイも動機も、仲田さんが言ったとおりですよ」

認めた——。

「仲田の言うとおり、自首するんですね」

「嫌だね」

畳に両方の掌をついた椎名は、ふてくされた目で真壁を見据える。

「自首なんてしない。こうなったら、堂々と捕まってやる」

宝生が目を剝いた。

「なにを言ってるんだ。せっかくのチャンスを――」

「そういう上から目線がむかつくんだよ。暴れて現行犯逮捕されれば自首もなにもないよな！」

勢いよく立ち上がった椎名だったが、直後、両手で頭を抱えてうずくまった。

「痛い……痛い……嫌だ。思い出したくない……」

「きさらさん？」

駆け寄る仲田を振り払い、きさらは叫ぶ。

「違う。これはあたしのことじゃない！　あたしはお母さんを殺してない！」

断章四

汗をかくほど笑ってから、あたしは卓袱台に突っ伏したままのお母さんの鼻をつまんでみた。口を塞いでみた。開いたままの両目の前で猫だましをしてみた。全然動かない。やっぱり、死んでいる。

現実感がなくて、自分でもびっくりするくらい冷静だった。

遊馬先生にも、翔太にも電話できない。だったら、お姉さんしかない。人殺しを捕まえたら、お手柄で偉い人にほめられるだろうし。

携帯を手に取った後のことは覚えていない。気がついたらお姉さんと向かい合って座り、状況を話し終えたところだった。

「なるほどねえ」

さすが警察だけあって、お姉さんは傍にお母さんの死体があるとは思えないくらい冷静だった。

「今度こそ、あたしを逮捕してください」

あたしは人殺しだ。言い訳なんてできない。それでも、お姉さんなら一言くらい慰めの言葉をかけてくれるんじゃないか。心のどこかに、ぼんやりした期待があった。

それを吹き飛ばすように、お姉さんはせせら笑った。

「逮捕されたら、きさらちゃんの人生は終わりよ」

言葉の意味が、すぐにはわからなかった。

「母親を殺した子どもなんて、この先もう、まともな生活を送れないわよ。人間のクズとして顔も名前もインターネットに曝されるから、学校には行けないし、まともな会社にも就職できない。お先真っ暗ってやつね」

お姉さんに言われて、初めて自分の「これから」に思い至った。逮捕されても、ドラマの最終回みたいに「終わり」ではない。その後も、あたしは生き続けるんだ……。

「でも、ちゃんと刑務所……あたしは子どもだから少年院？　とにかく、そういうところに何年か入れば許してもらえるはず……」

「罪を償ったところで、いつまでも犯罪者扱いされる。それが、この国の常識よ。『お母さんを灰皿で殴り殺すような子どもなんだ。自分も殺されるかもしれない』とこわがって、誰もきさらちゃんの友だちになってくれない。ずっと一人きりで、さみしい生活を送ることになる」

「ずっと一人きり……」

お姉さんの言葉が胸に深々と突き刺さり、ふらり、と身体が傾いた。視界が急速にぼやけていく。お母さんの傍まで這う。

「お母さん……ごめんなさい、生き返って……あたしが悪かったから……『水責めの刑』にされても我慢するから……あたしにはお母さんしかいないから……」

お父さんはとっくにいなくて、遊馬先生も翔太もいなくなってしまったのに、あたしは、自分で自分を一人にしてしまった。

ぽろぽろ涙をこぼすあたしに、お姉さんは大きなため息をついた。

「自分の人生が終わったから泣いてるんでしょう。お母さんが死んでかなしいわけじゃない。自分のことしか考えてないのね」

感情がぐちゃぐちゃになっていてわからなかったけれど、お姉さんがそう言うなら、そのとおりかもしれないと思った。

そしてそのとおりなら、あたしはなんて悪い子なんだろうと思ってますます涙が流れた。

「本当に悪い子だわ。でも私に任せてくれれば、逃がしてあげる」

思いがけない言葉に振り返る。お姉さんは、満面の笑みを浮かべていた。

「きさらちゃんみたいな救いようのない子でも、生きる価値があると私は思う。だから助けてあげる。私に任せて」

「警察なのに、そんなことをしていいの？」

ぼんやり訊ねると、お姉さんはきょとんとした後、「ああ」と頷いた。

「騙すつもりはなかったんだけど、きさらちゃんが信じ込んでるから言えなかったの。コンビニで店長に見せたのは警察手帳じゃなくて、これ」

胸ポケットから取り出されたのは、写真だった。お姉さんが、警察の制服を着た、偉そうな顔をしたおじさんと一緒に写っている。

「誰?」

「多摩警察署の偉い人。権力者と仲がいいことを見せて、信用させたのよ。この前は黙っていたけれど、これからはもう、きさらちゃんは私の家族だから」

家族。その言葉に、微かな胸のときめきと、お母さんへの圧倒的な申し訳なさが込み上げ、また涙がこぼれ落ちてきた。それでも、なんとか言葉を絞り出す。

「警察じゃないなら、お姉さんは何者なの?」

「おいおい説明する。とにかく、お母さんの死体を運ぶわよ。きさらちゃんも、安全な場所に連れていってあげる」

「せめて名前を教えてよ」

お姉さんは「それもそうね」と呟くと、にっこり笑って答える。

「遠山菫よ。よろしくね、きさらちゃん」

このときのお姉さんこと遠山菫が、あたしにはとても優しそうに見えた。

——あんな人が優しそうに見えるなんて、椎名はおかしいよ。

翔太の言ったとおりだったのに。

お母さんにちゃんと愛してもらえなかったから、あたしに話しかけてくる大人が無条件で優しく見えるだけだったのに。万引きで捕まりそうになったあたしを助けてくれたのも、警察官のふりをしたのも、お母さんを殺す前のあたしと話そうとしたのも、理解者の顔をして近づき、自分の好きなようにするためだったのに。

遠山菫は、女を支配し、金を絞り取ってこわすことが生き甲斐の、最低最悪の人間だった。


遠山に「お母さんの死体は私の方でなんとかする。引っ越しと学校のことも任せて」と言われ連れてこられたのは、あたしの家とは似ても似つかない立派なマンションだった。ここが遠山の家で、これから一緒に暮らしていいらしい。「人目があるから、しばらく出歩かない方がいい」ということで、あたしは一番奥の窓一つない部屋に引きこもってすごすことになった。部屋から出るのは、食事とお風呂と、トイレのときくらい。

でも、自分が閉じ込められているという感覚はまったくなかった。

遠山が「辛かったね。しばらくは心の傷を癒そうね」といたわるような顔をして、毎日お腹一杯ご飯を食べさせてくれたからだ。白いお米を給食以外でおかわりしたことなんてなかったし、毎食後デザートを食べていいことも信じられなかった。

ベッドは、あたしが使っていたぺったんこの布団と違ってふかふかで、いつまでだって横になっていたかった。テレビは好きなだけ見ていいし、新しく買ってもらった携帯でゲームをやって課金しても「全然ＯＫ」と言ってもらえた。ごみの分別も掃除もしなくていい。

虫歯も、遠山が気づいた次の日には歯医者に連れていってもらえた。

スカートを穿かせてもらえたのもうれしかった。自分でもびっくりするくらい、よく似合っていたからだ。告白してきた男子——滋野が言っていたことは正しかったんだ。

遠山が神さまみたいに見えた。この人に助けてもらった、と心の底から思った。それでもあたしがぶくぶく太らなかったのは、遠山が巧みにマインド・コントロールしてあたしを支配し、お母さんのことを忘れさせないようにしていたからだろう。

「綺羅」という新しい名前を与えたのも、マインド・コントロールの一環だ。

「『きさら』から、殺人者の『さ』を取って『綺羅』にしたの。名字まで変えると、いきなり呼ばれたときすぐに反応できなくて不自然に思われるから、そっちは変えない。我ながらいい名前だと思う。戸籍とかは、偽のものを用意しておくね」

遠山は笑顔で言ったけれど、「殺人者の『さ』」をいつも意識させるために「綺羅」にしたんだ。英語の killer（殺人者）ともかけたのかもしれない。母親の再婚相手から性的虐待を受けていた市ヶ谷さんが客を「パパ」と呼ばされていたし、間違いない。

遠山にとっては、確かにいい名前だった。名字だって、敢えて変えなかったに違いない。でも気づいたのは、何年も経ってからだ。

「綺羅」と呼ばれる度に、胸を抉《えぐ》られるように、どきりとしていたのに。

遠山は、ことあるごとにこうも言った。

「お母さんの死体は、静岡の山奥に埋めた。埋めた人たちには、死体だと教えなかった。知っているのは私だけ。誰かに話すつもりもない。私が話したら、綺羅の人生は終わってしまうから」

特に強調したのが「私が話したら、綺羅の人生は終わってしまう」だ。死体を隠して殺人そのものを隠す。それが完全犯罪には一番いいと、殺人計画を考えたときに知ったから、ひとまず安心はできた。

でも、あたしはお母さんを殺した。それを知られたら人生が終わる——自分がお母さんを殺す前とは別の生き物になってしまったことをまざまざと突きつけられ、後ろめたくて、こわくて、衣食住は満ち足りているのに頻繁に嘔吐《おうと》を繰り返す、奇妙な生活が続いた。


ひきこもり生活が始まって四ヵ月ほど経った、春の日のこと。

人を殺していない子たちは、普通に六年生になったんだろうな。ソファに座って、壁の向こうにある風景をぼんやり思い浮かべていると、遠山が部屋に入ってきた。

「迷ったんだけど、少し落ち着いたみたいだし教えておくね。これは、去年の十二月の記事」

渡された携帯を見ると、記事の日付は十二月九日。十一月二十八日深夜に川崎区で起こった殺人事件の容疑者が逮捕された。容疑者は十八歳の未成年で、受験勉強のストレスで通り魔的に犯行を行った。ほかの事件への関与もほのめかしている——そんなことが書かれていた。

「十一月二十八日」という日付になぜか悪寒《おかん》がして、咄嗟に関連記事をクリックする。十二月十日付の記事で、この通り魔殺人に見せかけようとした壇恒夫という会社員が逮捕されたと書かれていた。

「十一月二十八日の事件は、綺羅のお母さんが疑われていた事件じゃないの？」

警察が聞き込みにきた話は、遠山にしてある。

「そうかもね」

悪寒が激しくなった。その理由が、漠然と頭に浮かび上がってくる。

二十八日の夜、お母さんはテレビを観ていた。だからアリバイがある。けれど翔太が言ったとおり、トリックを使っていたかもしれないんだ。いや、犯人が捕まったということは、トリックなんてなくて……だめだ、これ以上考えたら。違うことを――翔太のことを考えよう。あいつ、どんな顔をしていたっけ？　別の生き物になってしまったあたしを見られたくないから、このまま忘れちゃった方がいいのはわかっている。でも……。

「お母さんのことを少し調べたわ。殺された人と、同じ会社で働いていたことがあるんだって。だから警察は、話を聞きにきたのよ。でも、それだけだった。お母さんは誰も殺していなかったの、綺羅と違って」

あたしが違うことを考えるのを妨げるように、遠山は言った。

「お母さんは、まじめに仕事していたそうよ。綺羅を産むために会社をやめるときも、みんな残念がってたんだって。でも、その後でお父さんが死んじゃって、一人で綺羅を育てなくちゃいけなくなって、大変な思いをしながらがんばっていたのに、当の娘に殺されてしまった」

遠山は、茫然とするあたしの後ろに回り込んだ。振り返ろうとするあたしの後頭部に、そっと手を乗せる。それから、とてもかなしそうな声で言う。

「痛かったでしょうね、お母さん。綺羅のことを恨んでると思う。そんな立派な人を殺したと警察が知ったら、絶対死刑になる」

大理石の灰皿を振り下ろしたときの感触が、右手に蘇った。

次の瞬間、後ろに立っているのが遠山ではなく、お母さんになった。

お母さん——お母さん、お母さん、お母さん、お母さん、お母さん——！

大粒の涙も、叫び声もとめられない。ソファから転がり落ちたあたしは、ただひたすら暴れ回った。身体の方々が家具に当たる。あまりに当たりすぎて、どこが痛いのかわからなくなっても自分をとめられず、遂には胃の中にあるものを全部吐き出した。

「辛いよね」

床に両膝をついた遠山が、苦しそうに眉根を寄せてあたしの頬を撫でる。

「お母さんは、絶対に綺羅を許さないよ。でも、私が許してあげるから。お母さんを殺した救いようがない悪い子だということは、絶対に誰にも言わないであげるから」

あたしは顔をくしゃくしゃにしながら「ありがとうございます……！」と嗚咽《おえつ》混じり

に言うことしかできなかった。お母さんを殺した自分を受け入れてくれる遠山が「神さまみたい」じゃなくて、「神さま」に見えた。

そんなあたしを、遠山は笑顔で見下ろしていた。


一年以上のひきこもり生活の末、あたしは川崎区にある中学校に入学することになった。

「時間が経ったから大丈夫だとは思うけど、誰に『きさら』と気づかれるかわからないから、学校にいる間は変装のため伊達眼鏡をかけなさい。友だちもつくらない方がいいわ」

遠山はそう忠告してきたが、言われるまでもなかった。人殺しだとばれたら、あたしの人生は終わるのだ。義務教育だから仕方なく行くだけで、誰とも話をせず、教室の隅で、できるだけ目立たないようにすごすことにした。学校が終わったら、一目散に遠山のマンションに帰るだけの日々。そのせいで、あたしはますます遠山に依存するようになった。

一度、男子と話をしながら帰ったことがある。その男子は前々からなにかと声をかけてきたから、きっとあたしのことが好きだったのだと思う。

その様子を偶然見かけた遠山は、帰ってきたあたしに言った。

「あの男の子は、綺羅が人殺しだと気づいて近づいてきたのかもね」「このままだと学校中に、人殺しだとばらされるわ」「せっかく私が苦労して隠してあげたのに。全部台なしね、人殺し、人殺し」

「人殺し」と連呼されパニックになるあたしに、遠山はある命令をしてきた。それに従い、次の日、あたしはその男子が挨拶してくるなり吐き捨てた。

「勘違いしてんじゃねえ。二度と話しかけるな」

心は痛まなかった。お母さんを殺したことを知られたくない一心だった。

この一件がきっかけで、あたしはいじめられるようになった。

中学に三ヵ月通っただけで不登校になったあたしは、自分の居場所が遠山の傍しかないと思い込むようになった。このために、遠山はあたしを中学校に通わせたに違いない。

遠山としか話さない生活を送っているうちに、感謝の念は信心に近いほど強固になり、「恩返ししたい」という衝動に駆られるようになった。

だから遠山に言われるまま、知らない男とセックスした。

相手は名乗らなかったし、本人曰く「仮面舞踏会っぽいだろう」というマスクで顔の上半分を覆っていたから、どこの誰かは知らない。話した感じでは、大きな会社の社長で、（いまにして思えば）子どもにしか欲情できないロリコン変態野郎だったようだ。

「子どもとHするのは犯罪だから、遠山さんのところは本当に助かる」と喜んで、初めての後も何度もやってきた。それ以外の男も何人もやってきて、六人目からは数えるのをやめた。

この人たちはあたしを抱いて、遠山にお金を払う。遠山にとっては、それがなによりの恩返しになるらしい。そういうことならと、あたしは半ば夢中になって男たちの相手をした。

いや、半ばどころじゃない。ものすごく、夢中だった。

「かわいいね、綺羅ちゃん」「将来は美人になるよ、綺羅ちゃん」「君といられて幸せだよ、綺羅ちゃん」などと大人にちやほやされたのは、初めてだから。

あたしは、うれしかったのだ。

ほとんど登校しないまま中学を卒業したあたしは、「お金ほしさに家出した女子高生」という役を演じ、本格的にラバーズXで働き始めた。そういう子の方が、客が気楽に抱けるらしい。このころから急激に手足が伸び、背も高くなった。ロリコンどもは嘆き離れていったが、それ以上にほかの客がついた。

デリヘルでも売上に貢献したかったけれど、遠山は「綺羅は『会いに来させる』タイプよ」と言って、店から出ることを許さなかった。マンションと店を行き来するだけの生活。あたしは相変わらず遠山に感謝していたし、それでお小遣いがもらえるなら文句はなかった。中学生になるまで味わったことのない「大人に必要とされる喜び」は相変わらず続いていた。

でも、男の相手をさせられるだけの毎日に、心の奥深いところは疲弊していたのだと思う。客に少しでもむかつくことをされると、キレて暴れることが増えた。かと思えば、なにをされても感情が動かず、どうでもよくなることもある。

十七歳のとき、避妊したにもかかわらず妊娠したときも、特に感慨はなかった。堕ろしてもよかったけれど、遠山が「せっかく授かった命なんだから産んだ方がいい」と言うので「それなら」と思ったくらいだ。

でも自分とは違う命がお腹の中にあるというのは、不思議な感覚だった。気がつけば、お腹に手を当てるようになっていた。死ぬかと思うほどの難産の末に小さな赤ちゃんを見たときは涙がこぼれ落ち、お母さんを殺してしまった分までこの子を幸せにしよう、と自然に思えた。

名前はどうしようか。考えている間に、遠山が勝手に「きさら」で役所に届けてしまった。

なんであたしと同じ名前なんだよ⁉　さすがに怒るあたしに、遠山は驚いた顔をして言った。

「あなたが幸せな子ども時代を送れなかった分も幸せにする、そんな思いを込めた名前じゃない。なのに、怒るなんて。綺羅には、私の気持ちが伝わってないのね」

それで納得した上に泣いて謝ったのだから、我ながら愚かだったと思う。

子どもを産ませたのはあたしを縛るためだし、「きさら」という命名は、お母さんを殺したことを忘れさせないためのものだったのに。

客とトラブルを起こす度に「この子はキレたら、人を殺しかねないんです」と言われていたから、嫌でも忘れられなかったけれど。

あたしを孕《はら》ませた男は「妻と別れて結婚したい」と言ってくれた。本気だったと、あたしはいまも信じている。

でもあたしが二十歳のとき、彼は病気で亡くなった。その直前まで元気だったから、奥さんに殺されたんじゃないかと疑ったほどだ。茫然としている最中、あたしは不意に思った。

奥さんじゃなくて、あたしのお母さんに殺されたんじゃないか、と。

これは、お母さんの呪い？　お母さんは、あたしが幸せになることを許さない？

このころから、あたしは本格的におかしくなった。それまで以上にすぐ客にキレるようになったし、後ろに誰かが立つと、お母さんがあたしを殴り殺しにきたんじゃないかと怯えてパニックになる。遠山から渡された睡眠薬がないと眠れない夜も増えた。リストカットを繰り返すようになったのも、このころだ。

些細なことでキレる上に、メンヘラ。風俗嬢としてのあたしの価値は暴落した。それでも根強いファンはついていたし、稼いではいたのだ。

なのに、ラバーズXをクビになった。

「いままでよく働いてくれたけど、もう限界でしょう。これからは、娑婆《しゃば》できさらちゃんと暮らしなさい。さみしくなるけど、がんばって」

遠山は残念そうな顔をしてはいたけれど、内心では大満足だっただろう。女から金を絞り取ってこわす。それが、あいつの生き甲斐なのだから。

あたしがお母さんを殺した街、登戸のアパートを斡旋したのも、もちろん生き甲斐のためだ。

登戸に住んでから、市ヶ谷さんのおかげでマインド・コントロールが少しずつ解けていった。

あたしは騙されていた。でも、お母さんを殺したのが悪い。でもでも、自分を虐待していた親を衝動的に殺してしまっただけで、こんなに人生を狂わされるなんて理不尽すぎない？　でもでもでも、お母さんを殺したことがばれたら人生が終わるんだから仕方がない。でもでもでもでも、この考え自体が遠山から吹き込まれたものであって、正しいのかわからない。でもでもでもでもでも、あたし自身の考えってなんだ？

混乱に加えて、昔の自分を知っている人に遭遇したらどうしよう、という恐怖にも取り憑《つ》かれた。あたしはお母さんに顔が似ていて、名字は「椎名」のままなのだ。登戸に住んでいたら、いつどこで昔のあたしを知っている人に出くわすかわからない。でも、引っ越しのやり方なんてわからないし、お金もない。

どうしたらいいかわからない日々を送るうちに、ラバーズX時代の貯金はどんどん減っていった。もともと、相手にした男の数の割に少ない額だったのだ。混乱に、遠山に搾取されていた怒りと苛立ちが加わり、我に返ったときは娘を「水責めの刑」にしていた。

最初は驚き、泣いて謝り抱きしめた。かわいがっているつもりだったのに、なんてことをしてしまったんだと自分を責めた。

でも子どもを躾けるというのは、こういうことだ。

お母さんがあたしにしたことは虐待だけれど、あそこまでやらなければ大丈夫。

その考えに至ってからは「水責めの刑」だけじゃない、掃除や食事も、自分が経験したとおりのことをやらせた。娘は、それに文句を言わない。

よかった、このやり方で間違ってない。

安心して「水責めの刑」にしていたけれど、壁が薄いせいで近所に知られて、アパートを出ていかなくてはならなくなったことは失敗だった。お金がなくて、遠山に泣きついて引っ越し代を出してもらったことも、転居先を決められたことも。これに関しては全面的にあたしの責任で、誰かのせいにするつもりはない。

ただし、「あたしは悪くない！」と叫んだのはあたしだ。

娘に後ろから抱きつかれ、お母さんを殺したときのことが蘇ってしまったのだ。

あたしはお母さんに後ろから抱きつくことが好きだったのに、娘に同じことをさせてあげられない。申し訳なくて、涙が流れた。

その代わりに、娘を愛してあげようと思った。自分の過去を知られないようにしなくては、という思いも強くなった。

母親が風俗嬢をやっていたと知って喜ぶ娘はいないだろう。ましてや自分の意思ではなく、マインド・コントロールされて選んだ職業なのだ。しかもマインド・コントロールのきっかけは、母親――娘にとっては祖母殺し。このことを知ったら、娘がどれだけ傷つくかわからない。


いまのアパートに移ってから、娘には躾の間、絶対に声を出さないように言い聞かせた。あたしが子どものころに住んでいたアパートは車がひっきりなしに行き来する大通りに面していたので、少しくらい大きな声を出しても周りに聞かれる心配はなかった。でもこの辺りは静かで、声が響き渡る。また「水責めの刑」をしていることがばれるのはごめんだった。

間もなく、あたしはあるファミレスのウエートレスに就職した。風俗嬢をやめてからどの仕事に就いても長続きしなかったけれど、ファミレスはお母さんがやっていた仕事なのだ。なじみがあるから、今度こそ大丈夫のはずだった。

でも、ウエートレスだったら知り合いに会うかもしれない。実際、お母さんはあたしと食事に行った際、顔なじみのお客さんから「私服姿もきれいですね」と声をかけられることがあったじゃないか。それに気づき、その店はすぐにやめた。

それからまた仕事をさがしたけれど、全然採用されない。

唯一引っかかったのが、自棄になって申し込んだファミレス、ノビージョだった。子どものころと同じ場所にあったら、さすがに避けていただろう。でもノビージョは区画整理の関係で南口から北口に移転し、リニューアルオープンしたばかりだった。お母さんを殺す前、北口方面に行ったことはほとんどない。最後に行ったのは、金持ちの女の子――名前は覚えてないけれど、どうでもいい――の誕生日会のときだろうか。

背に腹は代えられないし、スタッフはみんな入れ替わっているので、南口のノビージョとは別物だと思って行くことができた。店長に泣きついたら、厨房勤務にしてもらえたことも大きかった。これで客と顔を合わせずに済む。

それでも念のため、子どものときと髪形を変えてショートカットにはした。遠山とかかわった時間を完全に消し去りたくて、伊達眼鏡はかけたくなかった。スカートも、できるだけ穿かないようにした。

仕事は、それなりに順調だった。厨房で一日マスクをしているので、あたしが「椎名きさら」だと気づかれる心配もない。

面倒だったのは、店長があたしに惚れたことだ。全然好みのタイプではなかったけれど、厨房勤務にしてくれたお礼に、時々食事に行った。

ただそれだけの関係で、一般的な意味で「好き」と言っただけなのに、「本音とは思えない」「自分は好きだけど、彼女はどう思っているのか」などと自意識過剰めいたことを方々で言い触らされ、うんざりした。背が低くて、あたしを見上げるように話をするのもマイナスだった。あたしの機嫌を取ろうとするときは、まるで小動物みたい。

そういえば、お母さんが勤めていたころのノビージョの店長は、背が高くて、お母さんの方が見上げていたっけ。

ああいう人がいい、というお母さんの気持ちが、少しわかった。


ひとまず生活は落ち着いた。名前が同じ「きさら」である上に、自分と顔が似ている娘を見る度に「この子から正体がばれるのでは」と怯えていたけれど、幸い、当時の知り合いに遭遇することはなかった。近所づき合いや娘の学校行事への参加もできるだけしないようにしているので、どうやらばれずに済みそうだ。

けれど、マインド・コントロールが解けてからずっと悔しかった。

遠山のことは殺したいくらい憎い。でも、なにもできない。本当に殺して警察に捕まったら、娘を一人にしてしまう。警察に駆け込もうかと思ったけれど、そうしたらあたしがお母さんを殺したことまで知られてしまう。お母さんの死体が見つかってもおしまいだ。遠山への怒りを抑え込みながら、死体が発見されないかニュースをチェックする生活を続けるしかなかった。

そして十一月二十四日、お母さんの死体が見つかった。

警察が遠山までたどり着いたら、全部しゃべられる。そうしたら、あたしの人生は終わる——どういう風に終わるのか具体的な想像はできなかったけれど、とにかくこわかった。理屈じゃない、本能だ。

一刻も早く、遠山の口を塞がないと！　でも、どうしたら……。恐怖とパニックで頭が割れそうになったときに閃いたのが、十七年前、自分が警察に証言したお母さんのアリバイだった。

あれと同じことを娘に言わせればいい。

あのとき警察は、あたしの話を信じ、深くは追及してこなかった。今回もそれで大丈夫。そう思ったら、安心して遠山を殺すことができた。警察が予想より早くあたしにたどり着いたけれど、アリバイは完璧なのだ。スポーツニュースの内容も、十七年前と同じく野球選手が今年を振り返る特集（この時期の定番企画なのだろう）。絶対に捕まることはないはずだった。

なのに、まさか娘に裏切られるなんて。

五章

真壁

十二月六日火曜日、午後十時。

「――はい。これであたしの話はおしまい。どう？　悲惨でしょ？」

綺羅を名乗っていた椎名きさらは、他人事のような口調で話を締めくくった。

多摩警察署の取調室である。「頭が痛い！」と叫んだ椎名が暴れて緊急逮捕となったため、ひとまず最寄りの多摩警察署に連行。その場に居合わせた真壁と宝生、仲田が取り調べを担当することになった。

その後、急速に落ち着きを取り戻した椎名は「どうせ暇なんでしょ」と前置きし、母親を殺してから現在に至るまでの経緯を語ったのだった。

「こうやって話すと、我ながら本当に悲惨だわ。挙げ句、娘に裏切られたんだよ。お母さんを殺したこともばれて、人生おしまい。かわいそうすぎて泣けてくる」

「あなたは、娘に自分がされたのと同じことを――虐待を繰り返したんだ。挙げ句、殺しの片棒を担がせ、本当のことを言われたら怒るとはな」

ずっと黙っていた真壁だったが、こらえ切れずに言った。椎名は、投げやりな目を向けてくる。

「あたしがやったのは虐待じゃない」

「自分が親にされたことは虐待だと思ったのにか？」

「あたしは、もっとひどいことをされた。しかも遠山を殺した後は、アリバイトリックに協力したご褒美に娘を『水責めの刑』にしてないんだよ。お母さんよりずっとまともじゃない」

「甘えるなよ」

「真壁さん」

怒りの言葉が口を衝いて出た真壁を、椎名の傍らに立つ仲田が諌めるように言った。

宝生は入口傍のノートパソコンを置いた席から、無言で視線を寄越している。

真壁は、何度も深呼吸を繰り返してからようやく口を開いた。

「あなたの境遇には同情する。だが苦労したのは、あなただけじゃない。娘さんの担任教師のことは知らないのか。子どものころ、随分と苦労したそうだぞ。それを乗り越えて教師になっただけに、教え子にも親身になっている」

椎名は、白けた笑い声を上げた。

「どうせその日食べるものにも困るような、超貧乏人だったんでしょ。そういう奴の方が、目立ってお得なんだよね。あたしが子どものころの先生も、ほかの子ばっかり気にかけていた。あたしも、あれくらい貧乏だったらよかったのになあ」

「よくもそんな――」

「一理あります」

割って入ったのは宝生だった。仲田を押しのけ、机に両手をつき椎名の顔を覗き込む。

「娘さんの担任の名前は小芝だ。覚えていないのか」

突然の発言に、真壁は驚きを隠せない。椎名も顔をしかめて宝生を見上げる。その目を見つめ返し、宝生は言う。

「あいつは小五のとき、いつもお腹を空かせてほかの人の給食まで取っていたし、風呂にも入っていないようだったよな。勉強も、全然できなかった。そこから子どものことを考えられる教師にまでなったのは、本人の努力だけじゃない、周りの大人たちの協力もあったんだろう。あれだけ貧しかったら、目立って放っておけないもんな」

「なにを言ってるのかわからないんだけど」

「君も小芝も半年ちょっと一緒だっただけだし、ほとんど話したこともないから互いに覚えてないみたいだね。でも、俺は覚えている。君がいたあのクラスのことを、忘れられるはずがない」

大きく息をついてから、宝生は告げる。

「名刺を渡したときに見ただろう。俺の名前は宝生翔太。君と別れたときの名字は高橋だった、あの翔太だよ」

宝生

高橋の家から児童養護施設に戻された翔太は、二年後、新たな里親の家で暮らすことになった。それが宝生家だ。二階建ての家は立派だったが、幸福感は微塵もなかった。表面上は「家族ができてうれしい」と笑っていても、心の中は「高橋の両親と同じで、どうせこいつらにも捨てられる」という諦観で一杯だった。

しかし宝生の両親は、翔太を叱ってくれた。些細なことでも遠慮なく、何度も何度も。よその家の子には、決して口にしないような言い方で。

高橋の両親は腫れ物に触るようで、一度も叱ってくれなかったのに。

それに気づいてから、翔太は自分の感情を露にするようになった。顔つきや話し方も変化していくことを自覚した。

自分が里子であることを打ち明けた唯一の友だち——椎名きさらには「感情表現が豊かな方じゃない」と言ったが、そんなことはなかった。高橋の家では遠慮していただけだったんだ。

いま経験しているものが、本当の幸せだ。

それを知ることができたのは、自分が「ちゃんとした両親」に出会えた幸運のおかげで、恵まれた環境で育ったから。養子縁組して、法的にも宝生の家族になれた。その分、不幸な人たちの役に立ちたい――そう考えるようになったのは自然の成り行きだった。

だから、警察官になった。

本当の幸せをくれた父の職業であり、弱い人々の力になれる職業でもある。ほかの選択肢は考えられなかった。

神奈川県警を選んだのは、いつか椎名と再会できるかもしれない、と思ったからだ。母親の前で涙する彼女を見て、自分は逃げ出してしまった。あのすぐ後、椎名家は夜逃げ同然にいなくなったという。宝生の子になってそれを知ってから、ずっと心配していた。教えてもらった携帯の番号は解約され、連絡がつかなかったからなおさらだ。恋人ができたこともあったが、椎名の存在はいつも頭の片隅にあった。

それでも、とっくに終わった初恋だと思っていたのだ。

鈴木ダイナの証言をもとに描かれた似顔絵を見て、十七年経った椎名かもしれない、と思った後も同様だ。風俗嬢になっていたことを信じたくなくて自分で確かめたくて、でも知り合いだと申告したら捜査からはずされるので、「交番勤務時代に見かけた」と嘘をついてまで聞き込みを担当したときですら、その考えに変わりはなかった。

居場所を突きとめ、直に顔を合わせた瞬間、なぜか「綺羅」と名乗っているが、椎名きさらだと確信した。椎名が名刺を手にしたときは、名前を見て翔太と気づくのではと鼓動が加速した。

妖しい微笑みと、ガラス細工のように美しく、儚げな姿。両極端の椎名の姿に心揺さぶられてもなお、自分が抱いている感情は同情だと信じていた。最初に真壁に惚れているのではないかと心配されたときも、的はずれだと思っただけだった。


アリバイは曖昧だが、椎名は子どもに虐待を繰り返すことをあんなにもおそれていたのだ。娘を利用するはずがないからアリバイは本物。遠山を殺した犯人ではない。

そう説明したところで、第三者には説得力がない。だから「負担になるから」という理由をでっち上げ、仲田への捜査協力を断念させようとした。警察に煩《わずら》わされることなく、娘と穏やかに暮らしてほしかったのだ。

それだけに、市ケ谷から虐待の可能性を聞かされたときは裏切られた気がして激昂した。そのことを真壁に指摘された後でようやく、自分が彼女に抱いている感情を理解したのだった。


椎名に抱く感情を理解してからは、表面上は真壁に従っているふりをしながら、自分になにができるか必死に思考を巡らせた。十七年前、椎名と最後に会った日、自分を「騎士《ナイト》」と言った女が遠山だったのかもしれない、という考えにも至った。

動機がわかったのは、今日最初に、椎名の部屋を訪問したときだ。背後から声をかけた真壁に鬼の形相を向けたことと、西原をバッグで殴打したこと、さらに、椎名が十一月二十五日にラバーズXに現れたことが結びつき、静岡県の身許不明の白骨死体を思い出した。あの白骨死体が椎名ゆりかなのでは。それを埋めた遠山を口封じで殺したのでは——考えれば考えるほど間違いない気がして、表情が硬くなっていくことを自覚した。

この推理が正しいなら、事件当夜の椎名のアリバイはトリックを使ったことになる。「テレビの裏に、もう一台レコーダーがあった」。十七年前に自分が閃いたそのトリックを椎名が流用した可能性を考え、靴を脱ぐのに手間取るふりをしてテレビを見遣ったが、裏は埃まみれで、レコーダーが置かれた形跡はなかった。

しかし辞去する前、カラーボックスに入った睡眠薬の箱らしきものが目に入った。あれをトリックに使ったに違いない。そう確信した後は真壁たちと別行動を取り、迷った末に、やはり自首させようと決意した。「自分が高橋翔太である」という切り札を出せば、椎名は説得に応じてくれるはずだと信じた。

が、推理は的はずれで、仲田に先を越された末に、緊急逮捕という結末になった——。

＊

十七年前と今年は、奇しくも月日《がっぴ》と曜日がまったく同じだった。それだけではない。川崎で起こった刺殺事件、きさらという名の少女、母親の完璧なアリバイ……重なる要素が多々あった。

現在の娘と十七年前のきさら、二人の「きさら」を混同してしまったら、遠山殺害は有栖川有栖《きさら》の「アリバイ講義」のどれにも当てはまらないトリックになるかもしれない。強いて言えば、「⑨アリバイがない場合」、もしくは「②証人が錯覚をしている場合」の「ⓐ時間」の変異版「証人が時間を錯覚していると錯覚している場合」。あるいは、いっそ「⑩別の殺人と錯覚している場合」を加えた方が早いか。

こんな風に「アリバイ講義」のことを思い出すのは、授業をさぼって、椎名と階段で話したとき以来だ。あれは、十七年前の今日だった。あの日の椎名は、担任に呼び出され、校長から「本当にお母さんが事件にかかわってないのか」としつこく訊かれ、トイレでしばらく気持ちを落ち着かせていたと記憶している。

あれから十七年も経ったなんて――。

「ショウタ……?」

椎名は無味乾燥な記号を口にするように呟き、まじまじと宝生を見上げていたが、「ああ」と息をつくと、どうでもよさそうに言った。

「高橋翔太だっけ? すっかり忘れてたよ。あんたの名前が『翔太』というのも気づかなかった。名刺をもらったときは『宝生』というお金持ちそうな名字しか見てなかったし」

「俺を忘れるはずがない」

「うわ、自信過剰。でも残念でした」

「思い出したくなかっただけだろう。だから頭痛がしたんだろう」

「なに決めつけてるの？　気持《キモ》ち悪いんですけど」

「自分のことを話してくれたのは、自棄になったからで――」

「わかったようなことを言うな！」

椎名が机に拳を打ちつける音が、取調室に響き渡った。

「自分も虐待されていた」と椎名に打ち明ける前に言われた言葉と同じだ――そのことをどうこう思う間もなく、椎名は捲し立てる。

「お前に余計な夢を見せられたせいで、あたしはお母さんを殺しちゃったんだ。あたしがこんな風になったのはお前のせいなんだよ。なのに、自分だけさっさと幸せになりやがって！」

いまさら想いが報われるとは露ほども思っていなかったし、願ってもいなかった。しかし、こんな言葉を浴びせられるとは想像もしていなかった。

――いや、想像しない方がおかしかったんだ。

自分の無力を呪いたかった。

椎名の殺人計画をとめたい。そう思っていたのに、十七年前の自分は、子どもの方が警察より柔軟な発想ができると信じ、ありもしない椎名ゆりかのアリバイトリックを検証して時間を稼ぐことしかできなかった。しかも高橋の家で不調になると、椎名に構う余裕をなくし、遂には彼女の前から消えてしまった。

椎名への想いだけではない、その贖罪《しょくざい》の念もあって、捜査対象からはずそうとしたり、自首させようとしたりしたのだ。十七年前の自分のような存在が娘の傍《きさら》にいたら「お母さんを好きになった、だめな刑事」に見えたかもしれない。

それでも、自分を抑えることができなかった。

しかしそんなこと、椎名には関係ない……。

感情が濁流のように湧き上がり、視界が白濁していく。

「なにを泣きそうな顔してるの？　泣きたいのはこっちだよ」

椎名の白々した声で、ここが取調室であることを思い出した。椎名を見据えることで、視界に色を取り戻す。

「遊馬先生は覚えているか。さっき、久しぶりに連絡を取った。椎名のことを覚えていたよ。『なにができるかわからないけれど、できることはなんでもする』と言ってくれた」

「保健室の先生だっけ？　あんまり覚えてないや」

わずかでも心に響けばと思ったが、椎名は眉をひそめただけだった。それならば。

「君の娘は、施設に入ることになると思う。俺が責任を持って、様子を見にいくよ。心のケアもしてもらう。里親さがしや養子縁組に関しても、可能なかぎり力になる」

「そう。そんなによくしてくれる大人がいるなら、あの子は幸せになれそうだね」

母親の顔を見せてくれる——安堵した宝生が「ああ」と頷く直前、椎名は吐き捨てた。

「なんで、あの子ばっかり」

その瞬間、椎名の顔つきが変わる。

現れたのは、紛れもなく十七年前の、宝生が幾度となく再会を夢見た少女の顔だった。

「あたしの人生なんとかならなかったの？」

少女と化した椎名は、双眸から大粒の涙をぽろぽろこぼして声を震わせる。

「ダ・ヴィンチ先生みたいにお母さんが絵をほめてくれればよかった。小芝なんていなくて若田部先生があたしのことをもっと見てくれればよかった。遊馬先生が産休に入らなければよかった。代わりの保健室の先生がまともならよかった。遠山になんて出会わなければよかった。翔太がずっと傍にいてくれればよかった！」

真壁

椎名きさらの身柄は、夜のうちに川崎警察署に移送されることになった。

〈ご苦労。仲田が優秀であることは、刑事部の連中も認めざるをえまい。俺にとって最良の結果になった。君のことも、上によく言っておく〉

電話で報告した際、伊集院は上機嫌だったが、真壁の気は重たかった。

椎名のことは一旦仲田に任せ、真壁は宝生を伴って喫煙所に移動した。宝生はタバコを吸わない。非喫煙者の前では吸わないようにしている真壁だが、今夜は吸わずにはいられなかった。

——翔太がずっと傍にいてくれればよかった！

椎名の叫びが鼓膜に残響している。宝生の方は、真壁以上だろう。

宝生が養子であることは、交番勤務時代に本人から聞かされていた。

宝生翔太。「ショウ」という読みが二つ続くからといって「少々甘い」「少々世間知らず」などとからかうのは幼稚にしても、やや言いづらい名前であることは確か。命名の際、親は気にしなかったのか疑問だったが、養子だと知って腑に落ちた。そうでなかったら、熊のようなぽっちゃり体型の宝生警部と親子関係にあるとは思えなかったはずだ。

しかし宝生家に来るまでの事情は、今日初めて知った。

「椎名ゆりかのことを少しでも知りたくて、さっき十七年前の捜査資料に当たったんですよ」

長椅子に倒れ込むように腰を下ろした宝生が、力なく語り出す。

「十七年前の十二月一日、義父《ちち》と伊集院管理官が、椎名に話を聞きにいっていたみたいです。そういえば義父《ちち》は、昔、伊集院管理官の上司だったと言ってました。我が家は椎名と、なにかと縁があるみたいですね。我が家……我が家か。椎名から離れた後できた『我が家』」

宝生の双眸が、わずかに潤む。

「どうしてあのときの私は、あの子の傍にいてあげられなかったんでしょう。いまの私なら、絶対にそんなことはありません。精神的にずっと成熟しているし、警察官として必要な法律の知識も、単純に腕力もある。逃げ出すことなく、椎名の傍にいられるはずです。

そうしたら、あの子を母親から守り、殺人計画をとめられるのに」

宝生の夢想を、無意味だと切り捨てることはできなかった。潤む双眸は、現実《いま》を見ていない。

晴れの日も雨の日も風の日も雪の日も、椎名と手をつないで歩いた世界。ありえたかもしれないその世界を、見つめている。

そんな宝生を見ているうちに、真壁は自分の誤解を改めて悟っていた。

宝生は、元風俗嬢に弄《もてあそ》ばれていたわけではない。初恋の少女に尽くそうとしていただけだった——同時に、当然すぎるほど当然の事実を思い知らされる。

椎名も、かつては子どもだったという事実を。

そんなことにすら思い至らなかったのは、自分が辛い過去や事情を抱えた人間と一線を引いているからだろう。いや、それ自体は正しい。彼らと同じ立場に立っていては捜査などできない。

しかし一線の向こう側にいる人のことを本気で想像したことが、一度だってあるだろうか?

ないから、眼前で椎名に過去を語られても、「甘えるなよ」という怒りの言を口にできたのではないか。宝生の初恋の少女だったとわかったいまは、怒りの言だけでない、「同情」の一言を口にすることすら躊躇《ためら》われる。

初恋の少女だったとわかるまで、所詮は他人事だったということ。

「大人になったら自己責任」「どんな子ども時代をすごしていようが関係ない」

真壁がそう言い放ったとき宝生が顔を歪めて悔しがったのは、そのことを見透かしていたからではないか――。

宝生は、ありえたかもしれない世界を見据えたまま続ける。

「椎名は確かに人を殺しました。でも、彼女だけが悪いわけじゃない。ろくでもない母親が、人生を狂わせたんです。

椎名ゆりかは聞き込み対象の一人にすぎなかったから、捜査資料に記録はたいしてありませんでした。でも勤めていた職場の同僚によると、両親との関係は良好で、家庭は円満だったようです。昔の私に『お前よりは真っ当な親に育てられて、まともな教育を受けてきた』と言い放ったとおりだったんですよ。その両親を早くに亡くし、シングルマザーとして生きていかなくてはならなかったことには同情します。でも母娘《おやこ》二人で、最低限の暮らしを営むことはできた。なのに椎名を虐待したのは、ゆりかがどうしようもなく弱い人間だったからです。自分の親がそうだったから、よくわかります。

あの連中と、椎名は違う」

「――そうだな」

弱い人間のせいで歪んだ子ども時代を強いられ、「ひどい大人」になってしまう者は、おそらく真壁が考えるよりも大勢いる。宝生にはとても言えないが、遠山とて、その意味では犠牲者かもしれない。

罪は許せないが、一線のこちら側にいるのであれば、そうした人々に思いを馳せなくては――。

女性警察官が取調室に入っていくと、入れ替わりに仲田が出てきた。我に返ったように立ち上がった宝生は、彼女のもとに小走りに駆け寄る。

「ありがとうございました。仲田さんのおかげで、椎名に的外れな推理を突きつけずに済みました。結果的にはうまくいきませんでしたが、自首させようとしてくれたことにもお礼を言わせてください」

「宝生さんにとっても辛い事件でしたね」

仲田は、宝生をいたわるように微笑んだ。

もしかして仲田は、宝生が椎名の知り合いであることに気づいていたのかもしれない。だから一人にさせてやったのではないか――そう思いながら近づいた真壁は、先ほどから抱いていた疑問を口にする。

「一つ教えてほしい。どうして娘の方のきさらちゃんは、あんなに頑なだったのに偽証を認めたんだ？」

真壁が言い終える前に、仲田は「失礼します」と言って、胸ポケットから取り出した携帯を耳に当てた。

「仲田です――ちょうどいま、お電話しようと思っていました――わかりました。これから向かいます。西原さんの様子に気をつけてください」

西原？　ノビージョのウエートレスか？

電話を切った仲田に問う。

「西原がどうした？」

「娘を――礼奈ちゃんを虐待していることを認めました」

世界から音が消えた。

「先ほどの質問にお答えします。二十八日の夜、きさらちゃんは礼奈ちゃんと一緒にいたんです。礼奈ちゃんはお母さんに暴力をふるわれ、こわくて家を飛び出しました。きさらちゃんは、礼奈ちゃんを慰めていた。親に虐待されている子同士、支え合っていたそうです。それを隠すために『お母さんと家にいた』と嘘をついた」

「西原が？　そんな人には……」

「西原さんは聞き込みにいったとき、やけに警戒した様子でしたよね。用件が椎名さんのことだとわかると、明らかにほっとしていました。疚しいことがあったからだったんです。

私はもともと、西原さんのご近所から虐待の可能性があると相談されていました。児童相談所は人手不足だというので、特例で私が動き、家庭訪問をしたり、下校中の礼奈ちゃんに声をかけたりしてさぐりを入れたんです。児童相談所には『虐待の可能性があるので対応するべき』と報告しましたが、さっき学校で礼奈ちゃんと話して、虐待があると確信しました。私が目線を合わせるため膝を屈めると、彼女は後ずさりしましたよね。大人に恐怖心を抱いているからだったんです。

きさらちゃんのことは、礼奈ちゃんを調べているときに見かけたことがありました。校長室に入ってきたときは驚きましたよ。真壁さんたちに報告するべきか迷いましたが、二人とも虐待されているとしたら慎重に対応しなくてはならないので、黙っていたんです」

娘《きさら》との面識を訊ねたとき、仲田は否定する前にわずかに躊躇した様子だった。その背景にあったものを知る。

「きさらちゃん、礼奈ちゃんと話をして、力になりたいと言ったら、二人とも泣きながら本当のことを打ち明けてくれましたよ。礼奈ちゃんは『お母さんと離れたくない』と言い張って、最後まで隠そうとしましたが」

礼奈は娘《きさら》に母親のことを言いつけられるのをおそれ、授業を抜け出し声をかけてきたのか。

仲田がさぐった「きさらちゃんが心を開いている友だち」に該当する子が、西原礼奈だった。娘《きさら》の澄んだ瞳は、殺人者ではなく、友だちを守ろうとするものだった……。

しかし、まだ信じられない。

「西原はまともな家庭で育ったし、学もある。別れた夫から養育費も勝ち取った、しっかりした女性のはず。なのに、どうして？」

「真壁さん」

仲田の面持ちからは、いつもの穏やかさが消え失せていた。

「どんなにしっかりしていても、先の見えない生活を送っていれば身も心も疲れ果ててしまう。そのせいで子どもに手をあげてしまうのは、決して許されないけれど、ありえることなんです」

戸惑う真壁をまっすぐ見上げ、仲田は面持ち同様、穏やかさの消えた声音で続ける。

「シングルマザーにかぎらず、追い詰められたら誰でも似たようなことをしてしまうのかもしれません。もちろん私でも、真壁さんでも。そんなこわい〝想像〟を、いつもしてしまいます」

鼓膜を揺さぶられた後も、脳の理解が追いつかない。その間にいつもの顔つきに戻った仲田は「西原さんのところに行ってきます」と一礼し、階段を下りていった。

あの西原が……まだ信じられないでいるうちに、仲田が口にした言葉の意味がゆっくりと自分の中に染み込んでくる。

——追い詰められたら誰でも似たようなことをしてしまうのかもしれません。

椎名ゆりかも、そうだったのか？　取り立てて弱いわけではない、生活苦や孤独に追い詰められ、誰でもしてしまうかもしれないことをしてしまっただけなのか？　「誰でも」？　仲田の言うとおり、俺も？　そんなはずあるか、という反発が猛然と湧き上がる。一方で、「もちろん私でも」という仲田の声が、頭から離れない。

「――坂下の親《もと》も、普通の人たちだったのかもしれない」

かすれ声に、弾かれたように顔を向ける。宝生の体軀は、力なく壁にもたれかかっていた。双眸は虚《うつ》ろだ。

ありえたかもしれない世界は、きっともう見えていない。

「いまの俺でも、あの子の殺人計画はとめられない」

生気の失せた声で呟く宝生に、真壁は首を横に振る。

「とめられないのはお前だけじゃない、俺もだよ――いまは、まだ」

参考文献

『新装版 マジックミラー』有栖川有栖　講談社文庫
『子どもの貧困連鎖』保坂渉、池谷孝司　新潮文庫
『ひとり親家庭』赤石千衣子　岩波新書
『チャイルド・プア　社会を蝕む子どもの貧困』新井直之　TOブックス
『子どもに貧困を押しつける国・日本』山野良一　光文社新書
『シングルマザーの貧困』水無田気流　光文社新書
『生活保護リアル』みわよしこ　日本評論社
『子どものトラウマ』西澤哲　講談社現代新書
『マインド・コントロール 増補改訂版』岡田尊司　文春新書
『日本一醜い親への手紙』Create Media編　メディアワークス
『「鬼畜」の家　わが子を殺す親たち』石井光太　新潮文庫
『ルポ 保健室　子どもの貧困・虐待・性のリアル』秋山千佳　朝日新書

文春文庫

あの子《こ》の殺人計画《さつじんけいかく》

定価はカバーに表示してあります

2023年９月10日　第１刷

著　者　天《あま》祢《ね》　涼《りょう》

発行者　大沼貴之

発行所　株式会社　文藝春秋

東京都千代田区紀尾井町 3-23　〒102-8008
ＴＥＬ　03・3265・1211㈹
文藝春秋ホームページ　http://www.bunshun.co.jp

落丁、乱丁本は、お手数ですが小社製作部宛お送り下さい。送料小社負担でお取替致します。

印刷・萩原印刷　製本・加藤製本

Printed in Japan
ISBN978-4-16-792098-2

文春文庫　最新刊